HENRI CLÉMENT.

LES ÉTAPES.

Vita, via.

— ❖ —

I. — AMOURS ET CHANSONS.
II. — CONVICTIONS ET DOUTES.
III. — REGRETS ET DÉGOUTS.

PARIS

IMPRIMERIE ADMINISTRATIVE DE PAUL DUPONT.

RUE DE GRENELLE-SAINT-HONORÉ, 45.

—

1859.

LES ÉTAPES.

PARIS, IMPRIMERIE ADMINISTRATIVE DE PAUL DUPONT,
RUE DE GRENELLE-SAINT-HONORÉ, 45.

HENRI CLÉMENT.

LES ÉTAPES.

Vita, via.

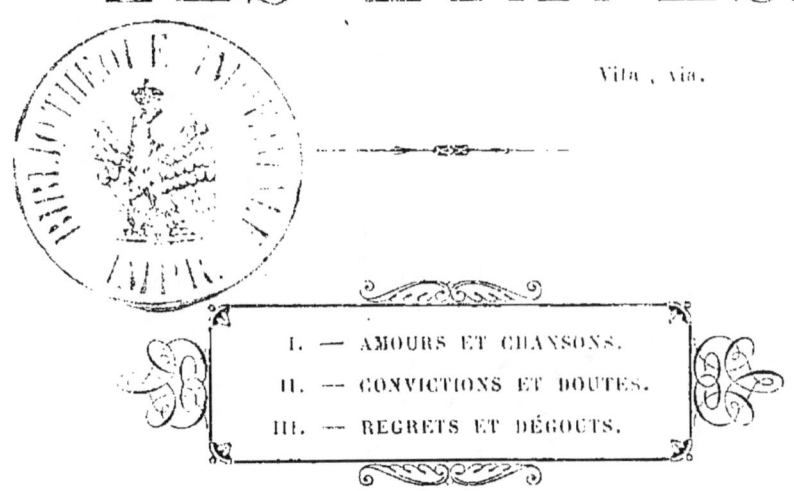

I. — AMOURS ET CHANSONS.

II. — CONVICTIONS ET DOUTES.

III. — REGRETS ET DÉGOUTS.

PARIS

IMPRIMERIE ADMINISTRATIVE DE PAUL DUPONT,

RUE DE GRENELLE-SAINT-HONORÉ, 45.

1859.

LES ÉTAPES.

LES ÉTAPES.

Vita, via.

Amour, chansons, — étude et doute,
Puis dégoûts et regrets, hélas !
Sont les étapes d'une route
Que l'on achève, triste et las.

Les jeux d'amour, charmante joute,
Vous font d'abord presser le pas.
— Rien, alors, que le cœur redoute ;
On nargue douleur et trépas.

Bientôt la démarche est moins sûre ;
On cache plus d'une blessure ;
Trop fier, on voile un cœur saignant.

On arrive, pâle et morose.

On frappe — et la servante Prose

Vient vous ouvrir en rechignant.

Boston, 10 juillet 1858.

I

AMOURS ET CHANSONS.

Tenerorum lusor amorum.
Ovide.

I

OISEAUX MOUCHES.

.... Multa petentibus.
Desunt multa.

HORACE.

I

L'autre jour, d'un noir rocher,
   L'aigle du rivage,
En me voyant approcher,
   S'envola, sauvage.

Pour le dôme spacieux
   Il quitta son aire;
Il alla lutter aux cieux
   Avec le tonnerre.

Longtemps, je le vis, berçant
    Ses efforts sans nombre ;
Puis, dans l'air éblouissant,
    Il disparut, sombre.

Je poursuivis mon chemin
    Couvert de verdures,
Ecorchant parfois ma main
    Aux épines dures.

J'arrivai dans un enclos
    Tapissé de mousses,
D'où se trempaient dans les flots
    Cent lianes douces.

Des oiseaux-mouches volaient
    De branches en branches,
Et, joyeux, étincelaient
    Dans les roses blanches.

Je les suivis jusqu'au soir,
   Nuage qui rôde,
Bigarré de bleu, de noir,
   D'or et d'émeraude.

Je les vis, au sein des fleurs,
   Séjour de délices,
Se préserver des chaleurs
   Au fond des calices;

Et je les trouvai moins vains
   Que l'oiseau farouche
Qui, sur les soleils divins,
   Fixait son œil louche.

II

A voler bien loin, rêveurs,
   Quel instinct nous porte,
Quand les passe-temps sauveurs
   Sont à notre porte?

Pourquoi mener dans les airs
Notre aile abusée? —
Les hauteurs ont les éclairs,
Les vals, la rosée.

Pourquoi donc aller chercher
Si haut toute chose? —
D'en haut l'on voit le rocher
Et d'en bas, la rose.

Hélas! c'est la vanité
Qui fait qu'on abjure
Pour la dure humanité
La douce nature.

— Vole, Muse, au bois dormant,
Pour que ta voix touche :
Et sois aigle rarement,
Souvent oiseau-mouche!

West-Hoboken, juin 1854.

II

MYSTÈRE.

L'amour est à l'amour, le reste est au génie.

LAMARTINE.

Oui : découvre — problème immense et hasardeux —
Pourquoi l'on voit souvent sous des êtres hideux
    Finir des choses admirables;
Et, scrutant l'infini d'un œil sublime et sûr,
Va calculer du ciel l'immensurable azur
    Et les étoiles innombrables;

Apprends par un travail immortel et profond
Tout ce que les humains projettent, ce qu'ils font
    Et ce qu'ils ont fait dans le monde;

Sache trouver les points où la science ment ;
Apporte d'un bras ferme, et sans vacillément,
    Un flambeau dans la nuit profonde ;

Absorbe ton génie en l'étude de tout ;
Plonge sans crainte sourde et sans mortel dégoût.
    Au fond des ombres adultères ;
Commente avec ardeur les éternels décrets ;
Devine en te jouant les plus sombres secrets,
    Les plus éblouissants mystères ;

Sonde, dissèque tout, le scalpel à la main ;
Comprends l'âme divine et le génie humain,
    Le jour riant, la nuit affreuse ;
— Et tu ne sauras pas, jeune homme curieux,
Les rêves ingénus, doux et mystérieux
    D'une jeune fille amoureuse.

Paris, octobre 1851.

III

LES DEUX PIGEONS.

At tu casta, precor, maneas.

TIBULLE.

Sous un jeune tremble
Aux soyeux bourgeons,
Nous lisions ensemble.
Quoi? — les deux pigeons.

Douce voix lointaine,
Tremblante d'émoi,
O bon Lafontaine,
Tu plaidas pour moi.

Ta fable remue
Jusqu'au fond du cœur.
Je la vis émue
Sous son air moqueur.

Je lui dis : — Ma reine,
Quelqu'un de nous deux
Aime l'ample arène
Aux jeux hasardeux.

A l'oiseau volage
Qui donc est pareil ? —
Tu veux le voyage
Et moi le sommeil.

Des deux tourterelles
Laquelle a raison ? —
Celle des tourelles,
Ou de l'horizon ?

Si tu veux m'en croire ,
Pour le simple amour,
L'ombre presque noire
Vaut mieux que le jour.

Paris , mars 18...

IV

DÉFI.

Je voudrais pour la tenir
Devenir
Dieu de ces forêts désertes,
La baisant autant de fois
Qu'en un bois
Il y a de feuilles vertes.

RONSARD.

Amis, vous connaissez la chambre tout entière
Où sommeille, en rêvant, la charmante héritière ;
Vous connaissez la glace où se rit son séjour,
Son cabinet secret, arsenal des toilettes,
Où sa coquetterie entasse les emplettes
    Dont elle est lasse au bout d'un jour.

Vous connaissez la chambre où, confuse et priée,
S'endort sous le velours la riche mariée
Dans les bras énervés de son trop vieil époux.
Vous connaissez sa couche en coussins étagée ;
Et, par Vénus ! peut-être, elle fut partagée
　　Par quelque Don Juan d'entre vous.

Vous connaissez aussi les boudoirs des marquises,
Remplis de riens parfaits, d'absurdités exquises,
Où préside l'amour sur un trône enchanteur ;
Vous connaissez le lit de repos plein de roses
Et le moelleux divan, témoin de tant de choses,
　　Qui tend les bras au visiteur.

Vous connaissez le toit de la brune Espagnole ;
Vous savez le hamac où la blanche créole
Se berce tous les jours sous l'éventail d'un noir ;
Vous connaissez la chambre amoureuse et charmante
De l'Anglaise aux yeux bleus, mélancolique amante
　　Qu'on voit errer dans son manoir.

Vous connaissez aussi le grand sérail, peut-être.

Vous avez vu de près, introduits par le maître,

Ces dômes parfumés des vapeurs des trépieds

Où chaque lit vous semble un voluptueux trône,

Où les murs brillent d'or, d'agathe et d'ambre jaune.

    Où la soie est foulée aux pieds.

Eh bien ! moi, je connais une petite chambre

Qu'orne le plâtre pauvre et non pas le riche ambre,

Et dont le meuble boîte, en dépit du compas ;

Je connais un réduit, au haut d'une baraque,

A l'accueil plein d'amour, au lit joyeux qui craque,

    — Et que vous ne connaissez pas !

              Paris, juillet 18..

V

Fidos optabis amores.

TIBULLE.

Lac aux vagues de moire,
Aux reflets azurés,
Où, j'en ai la mémoire,
Nous descendions pour boire,
Les pieds mal assurés :

Prairie à l'herbe verte
Pleine de boutons d'or,
Où, la tête couverte.
Elle accourait, alerte,
A l'heure où tout s'endort :

Fleuve où, poussant la pale,
Nous allions voyageant,

3

Où le nymphéa pâle,
Sur une onde d'opale,
Lève sa fleur d'argent;

Bois au plaintif murmure
Où, par l'ombre couverts,
Nous courbions la ramure,
Cueillant la noire mûre
Sur les arbrisseaux verts;

Citadelle au mur sombre,
Où la lune reluit,
Qui, projetant son ombre,
Vit nos baisers sans nombre
Palpiter dans la nuit;

Bois, fleuve, citadelle,
Prés fleuris, lac charmant,
Pourquoi me parler d'elle?
L'infâme est infidèle
A son fidèle amant!

Paris, août 18..

———

VI

L'âme et non la raison.

Victor Hugo.

Vous trouvez trop puissants les soupirs du cratère
  Qui respire en longs jets de feu,
Qui soulève, en grondant, des quartiers de la terre
  Et les jette dans le ciel bleu ;

Vous trouvez convulsifs les bruits de la tempête,
  Soufflant, tonnant, fondant en flots,
Ces bruits que le vent porte et que l'écho répète
  De la terre ferme aux îlots ;

Vous trouvez effrayants les éclats du tonnerre
        Quand, résonnant de roc en roc,
Il lézarde le tronc de l'arbre centenaire
        Qu'il jette à l'abîme, du choc ;

Vous trouvez formidable, et terrible et sauvage,
        Le rugissement du lion,
Quand, dans la cage étroite où vit son esclavage,
        Sombre, il entre en rébellion ;

Vous trouvez déchirants les râles d'agonie
        Du mourant que la terreur mord ;
Vous frissonnez d'horreur à la sourde harmonie
        Qu'on chante aux affres de la mort ;

Mais que diriez-vous donc, vous si prompts à la crainte,
        Si vous entendiez quelque jour,
Dans l'air bouleversé, retentir sans contrainte
        L'immense cri de mon amour !

                        Paris, août 18..

VII

SOUPIR.

Perfida, cara tamen.

Tibulle.

Violette que les prés
    Diaprés
Couvrent de leur voile sombre
Fleur des candides amours
    Qui, toujours,
S'ensevelissent dans l'ombre ;

Bluets, pavots qui semblez,
    Dans les blés
Dont la hauteur vous abrite,

Des coquillages pourprés,
  Azurés,
Sous des flots qu'un vent irrite ;

Lis d'argent au pistil d'or,
  Où s'endort
Le Sylphe de la vallée,
Et vous, ô pensers choisis
  Cramoisis,
Qui vous penchez sur l'allée ;

Haut camélia tremblant,
  Rouge ou blanc,
Bordant la route poudreuse ;
Rose aux multiples couleurs,
  Toi des fleurs
La déesse vaporeuse ;

Vous qui pendez aux balcons,
  Blonds flocons
Que le chèvre-feuille étale ;

Liseron dont les ruisseaux

  Des berceaux

Reflètent le bleu pétale ;

Et toi qui ne fermes pas

  Sous mes pas

Ton œil si doux , ô bruyère ,

Toi qui pares à la fois ,

  Dans le bois ,

Le taillis et la clairière ;

Iris ravissant et pur,

  Teint d'azur ;

Doux narcisse, et toi, jacinthe,

Dont la fleur, quelques instants,

  Au printemps ,

D'un frais diadème est ceinte ;

Réséda des champs lointains ,

  Jeunes thyms

Aux fleurs faiblement pourprées ;

Boutons du bel oranger

Etranger,

Vous, tulipes diaprées ;

Quand je pense que, souvent,

En rêvant

A l'époque de sa fête,

Je ne trouvais pas, ô fleurs,

Vos couleurs

Dignes de parer sa tête !

Paris, octobre 18..

VIII

Q'un autre soit jaloux d'illustrer sa mémoire,
Moi j'ai besoin d'aimer, qu'ai-je besoin de gloire?

ANDRÉ CHÉNIER.

O tristes rossignols, vous qui, sous la feuillée,
    Chantez ces chants délicieux
Que, dans les bois obscurs, la Muse agenouillée
Ecoute avec respect comme un écho des cieux;

Ruisseaux froids dont jamais la source intarissable
    Une minute ne s'endort;
Vous qui menez vos flots entre des bords de sable,
Susurrant doucement dans un lit poudré d'or;

Arbres échevelés aux cimes ombrageuses
    Que le soir fait trembler souvent,
Vous qui portez dans l'air vos têtes nuageuses
Au milieu des concerts que vous donne le vent;

Cascades où des pins montent en noire touffe,
    Où l'herbe tombe en pans verdis,
Vous qui faites dans l'ombre un bruit que rien n'étouffe
Et baignez de brouillard les frênes assourdis;

Rossignols et ruisseaux, cascades et ramures,
    O vous qu'on entend nuit et jour,
Réunissez vos chants, cadencez vos murmures, —
Vous seuls vous guérissez mon incurable amour!

Nice, janvier 1852.

IX

ÉCLAIRCIE.

A E...... G.......

> Nunc levis est tractanda Venus
> TIBULLE.

Savez-vous, mon cher, quelle femme
Me plairait fort, pour le moment?
Savez-vous pour quelle belle âme
Je me damnerais très-gaiment?

Savez-vous celle dont je mire
La main douce et les yeux altiers?
Savez-vous celle que j'admire
Depuis, bientôt, deux jours entiers?

Ce n'est pas votre Italienne
Aux yeux noirs, aux cheveux dorés, —
Quoique, sur elle, je convienne
De tout le bien que vous voudrez.

Ce n'est pas cette blonde exquise,
Aux bijoux tous les soirs nouveaux :
Ce n'est pas non plus la marquise
Aux petits grooms, aux grands chevaux.

C'est cette brune au teint d'albâtre,
C'est cet ange, c'est ce démon
Qu'hier nous vîmes au théâtre
Qu'aujourd'hui je vis au sermon.

Demain, je retourne à l'église
Entendre le moine tonnant. —
Il faut bien qu'elle s'humanise
Devant ce courage étonnant.

Je redeviens bon catholique ;
Des prêtres je suis le valet ;
Je vais porter une relique
Et rapprendre mon chapelet.

Pour commencer, j'allume un cierge
A la Madone qui sourit, —
Car, lorsqu'on veut prendre une vierge,
On se déguise en Saint-Esprit.

Nice, mars 1852.

X

SUR UN ALBUM.

A la foi du jeune âge eût-on chanté l'adieu,
Eût-on nié le ciel, l'enfer, Satan et Dieu,
Eût-on douté de l'âme en ses rêves étranges,
Madame, en vous voyant, qui douterait des anges?

Nice, mai 1852.

XI

NOSTALGIE.

Rêver, c'est le bonheur ; attendre, c'est la vie.

VICTOR HUGO.

Roses, fleurs d'amour que l'été parfume,
Que le prisonnier aime dans la tour,
O vous qui mourez lorsque l'hiver fume,
Résisterez-vous à ces jours de brume
Et fleurirez-vous jusqu'à mon retour ?

Ruisseau susurrant parmi la ramure,
Où mon frère et moi buvions tour à tour,

Sous la verte haie où rougit la mûre,
Pourra-t-on dormir à ton doux murmure,
Et couleras-tu jusqu'à mon retour?

Bois où tant de fois j'ai rêvé dans l'ombre,
Tranquille et muet, au déclin du jour,
Où je m'asseyais sous le chêne sombre,
Epargnera-t-on tes arbres sans nombre
Et verdiras-tu jusqu'à mon retour?

Vierge aux cheveux blonds, brillant diadème,
Qui me nourrissais de ton jeune amour,
Toi qui, tous les soirs, me disais: — Je t'aime!
Pourras-tu rester si longtemps la même,
Et m'aimeras-tu jusqu'à mon retour?

New-York, mars 1854.

XII

INTÉRIEUR.

Ut pictura poesis.

HORACE.

Sans qu'elle s'en doutât, la charmante insoumise ,
Je la vis, lentement, parachever sa mise.

Elle peigna longtemps ses blonds cheveux de miel
Après s'être trempé le front dans l'eau du ciel ,
Cosmétique si doux, vierge d'impurs mélanges ,
Que filtre dans l'azur le parfumeur des anges.
Et puis ses beaux seins blancs, frais au vent du matin,

Débordèrent, gonflés, du corset de satin.

— Elle se regardait dans la psyché qui bouge ,

Et, quoiqu'elle fût seule , elle devenait rouge. —

Quand elle fut lacée , elle prit , un moment,

Sa taille dans ses mains, et sourit doucement ;

Puis, elle mit le pied sur sa chaise , et, mutine,

Avec un crochet d'or boutonna sa bottine,

Puis, redressa ses reins cambrés si hardiment.

Ensuite , elle choisit, coquette , un col charmant,

Tout simple , et le plaça sur ses épaules nues.

— Oh ! quels démons roués, ces vierges ingénues ! —

Puis, ayant mis aussi ses manchettes, l'enfant

Détourna du miroir son regard triomphant.

Et son incertitude adorable et morose,

Devant sa garde-robe, allait du gris au rose.

Enfin elle tira du meuble aux clous dorés

Une robe de deuil aux longs plis éplorés,

Et, bientôt, l'agrafa sur sa taille légère.

Dans l'écrin de velours posé sur l'étagère

Elle avança la main et prit un bracelet

Où quelque diamant jetait un vif reflet :

Puis marcha , regardant derrière elle , dans l'o
Sa robe qui traînait sur le beau tapis sombre.   mbre ,

Elle se trouva belle. Alors, elle revint
A son miroir, avec un sourire un peu vain
Et se fit un adieu plein de sollicitude. —
Mais, sur une dernière et sérieuse étu
Elle mit, de ses doigts avec soin reg
Une pervenche bleue en ses cheveu

de ,
rdés ,
x ondés.

West-Hoboke

1, septembre 18.

XIII

Nunc scio quid sit amor.

Virgile.

De quelque masque, flamme ou glace,
Dont il se déguise la face,
L'homme n'est qu'un bambin plaintif ;
Quoi qu'il veuille être et quoi qu'il fasse,
Il n'est qu'un pauvre enfant chétif,

Auquel la nature — ô faiblesse ! —
Dans la crainte qu'il ne se blesse
Avec la femme, avec le vin,
Doux jouets qu'on prend et qu'on laisse,
Met l'amour, ce bourlet divin !

New-York, septembre 1856.

XIV

SÉRÉNADE.

ant qu'on espère , on peut se passer d'être
heureux : on s'attend à le devenir.

J.-J. ROUSSEAU.

Sera-t-il dit que je sème
Mon amour dans un rocher?
Ecoutez-moi : Je vous aime !
Ciel! comment donc la toucher?

Est-ce donc pour autre chose
Que pour le baiser brûlant
Que Dieu fit la lèvre rose ,
Qu'il arrondit le sein blanc?

Pourquoi donc être sévère?
Pourquoi refuser toujours?
L'ivresse est au fond du verre !
La joie au fond des amours !

— Si vous consentez, ma belle,
A venir, ce soir, chez moi,
Si vous n'êtes plus rebelle
A mes vœux mêlés d'émoi,

Malgré la grande froidure,
Malgré la neige en flocons,
Malgré la bise si dure
Qui siffle dans les balcons,

Je retirerai ma mante
Et l'étendrai sous vos pas,
Pour préserver, ma charmante,
Tes petits pieds du verglas.

New-York, décembre 18..

XV

CHANSON.

Lasciva puella.

Virgile.

Douce et blonde enfant de jouets avide,
A la taille souple ainsi qu'un roseau,
Pour ta cage d'or, pour ton jardin vide,
Tu veux une fleur, tu veux un oiseau.

Règle tes désirs ; songe à la froidure :
Près de ton foyer mène tes ébats.
Les champs sont déserts, les bois sans verdure ;
Pas de fleurs ici, pas d'oiseau là-bas.

En vain pour ces biens ton cœur se tourmente ;
En vain ton œil bleu dans les pleurs s'endort ;
Je ne saurais rien trouver, ma charmante ,
Pour ton jardin vide et ta cage d'or.

Mais que dis-je ? accours ! ne sois plus morose ,
Jeune fille souple ainsi qu'un roseau.
Nous irons cueillir l'aveu, cette rose !
Nous dénicherons l'amour, cet oiseau !

New-York, mars 18..

XVI

Cher ange , vous êtes belle
A faire rêver d'amour
Pour une seule étincelle
De votre vive prunelle,
Le poëte tout un jour.

THÉOPHILE GAUTHIER.

Tu me dis de douces paroles,

Hélène , de ta douce voix. —

Les fleurs entrouvrent leurs corolles ;

L'onde susurre au fond des bois.

Par instants ton sein se soulève

Sous ton corsage gracieux. —

Un oiseau passe comme un rêve :

Un autre le suit dans les cieux.

Pourquoi ton front est-il morose?
Conte-le moi : nous sommes seuls. —
L'abeille s'endort sur la rose ;
L'onde baise les verts glaïeuls.

Tu me parles, ma bien-aimée,
De tes plaisirs et de tes maux. —
La brise souffle parfumée ;
L'ombre s'étend sous les rameaux.

Tu me vantes la jouissance
Des hôtes du divin séjour. —
Dans le rosier d'or innocence
Chante le rossignol amour.

New-York, août 18..

XVII

Attentif aux ruisseaux, aux mousses étoilées.

VICTOR HUGO.

Je rôde dans le bois, cherchant les fleurs moirées,
Où les insectes d'or aux ailes bigarrées,
Coquettes raretés que mon désir poursuit;
Mais que je suis joyeux et que mon œil reluit
Lorsque dans la clairière, au bord du fourré sombre,
Je trouve un vers zébré par le soleil et l'ombre!

West-Hoboken, septembre 1854.

XVIII

L'amour est seul arbitre et seul Dieu de ma vie.

André Chénier.

Il est dans la multitude
Des hommes au cœur joyeux,
Qui vivent loin de l'étude
Et n'aiment la solitude
Que lorsqu'ils ferment les yeux.

D'autres qu'un désir dévore,
Serfs de leur ambition,
S'éveillent avec l'aurore,
Et la nuit les trouve encore
Courbés sur leur passion.

Pour moi, qui vais où va l'onde

Et qui vis au jour le jour,

Rien n'est sérieux au monde

Hors ton sourire, ô ma blonde !

Hors ton baiser, mon amour !

New-York, septembre 18..

XIX

PASTEL.

Venez, que je vous parle , ô jeune enchanteresse.

Victor Hugo.

Quand je vous vois, le soir, en peignoir sans ceinture,
Votre art si grand me fait oublier la nature;
Je pense à tous les cœurs que vous avez conquis
Par vos gestes d'oiseau, légers, mutins, exquis;
Et j'admire, muet, votre grâce savante,
Votre peau de satin, votre front que l'on vante,
Et, sous ces longs cils noirs que Murillo, rêveur,
Vous eût pris pour parer la mère du Sauveur,

Vos yeux gris, au regard long et mélancolique,
Dont l'expression est peut-être hyperbolique; —
Et je trouve qu'on doit vous craindre en vous aimant.

Vous ressemblez, Madame, en votre nid charmant,
Quand on vous fait brûler l'encens des flatteries,
Aux colombes d'azur, pleines d'afféteries.

West-Hoboken, septembre 18..

XX

CRÉPUSCULE.

Nox ruit et fuscis tellurem amplectitur alis.

VIRGILE.

J'aime à sortir souvent dans le bois vague et sombre,
Quand les rochers aigus sont adoucis par l'ombre,
Quand les feux du soleil, amortis par le soir,
Jettent un reflet rouge au sommet du pin noir,
Et qu'on voit s'allumer, par delà la presqu'île,
Les milliers de fanaux du grand fleuve tranquille.
L'air est calme et serein ; avant de s'endormir
Le vent dans les rameaux pousse un dernier soupir,

Si faible qu'il arrache à peine un bruit sensible
A la mare où s'endort le long roseau flexible.
Les vieux chênes tordus, épais comme des tours,
Effacent dans le ciel leurs bizarres contours :
On ne distingue plus la roche sourcilleuse :
Tout se fond doucement dans l'ombre harmonieuse ;
— Et, lorsque je reviens au sentier tortueux.
— Saint tableau que je vois d'un œil respectueux ! —
Je rencontre toujours, rebut du fouet acerbe,
Un vieux cheval qui rêve immobile dans l'herbe.

Je rentre, et je t'admire, alors, en long peignoir :
Tu mets coquettement la main sur l'éteignoir,
Et tu fais succéder dans tes draps fins de toile
Au coucher du soleil le coucher d'une étoile.

West-Hoboken, septembre 18..

XXI

SUR L'ALBUM

DE MADEMOISELLE A......

Au loin puisque la neige tombe ,
Ouvrez vos ailes de colombe ,
    O mes doux vers !
Plaintifs , prenez votre volée .
Puisqu'il n'est plus dans la vallée
    De chênes verts.

Cherchez une ombre enchanteresse,
Ô mes bien-aimés en détresse,
    Cherchez, hélas !
Car dans les campagnes moroses
La neige a remplacé les roses
    Et les lilas.

Cherchez ! mais non ; sur votre voie
Regardez cet album qu'envoie
    Un ciel plus doux.
Dans ses feuillets dorés sur tranches,
Vers frissonnants aux ailes blanches,
    Abritez-vous !

Dans ce colombier du poëte
Entrez, ô nitée inquiète,
    En liberté ;
Demandez, ivres d'ambroisie,
Asile pour la poésie
    A la beauté.

Vous gémissez quand la froidure
Dépouille le bois de verdure,
    Le sol de fleurs,
Quand l'hiver mugit dans les plaines
Et met par ses âpres haleines
    Le ciel en pleurs;

Mais oubliez toute tristesse :
L'été, par votre jeune hôtesse,
    Vous est rendu.
— De tels yeux fixés sur la page
Sauront vous consoler, je gage,
    Du ciel perdu.

New-York, janvier 1857.

XXII

J'aurais été content
La demander dix ans et la garder autant.

Ronsard.

Il disait : — Votre voix chante,
Madame, des chants si doux,
Que l'âme la plus méchante,
A ce mode qui l'enchante,
Devient bonne, auprès de vous.

Votre gorge ronde et blanche
D'où ruissellent les brillants,
Sous votre beau front qui penche,
Ressemble au marbre où s'épanche
L'onde aux flots étincelants.

Rouges comme une frambroise,
Vos lèvres n'ont pas d'hivers ;
Votre regard apprivoise ;
Le soir, vos pieds de chinoise
Par vos cheveux sont couverts.

Car leur tresse vous accable
De ses anneaux blonds lâchés ;
Et la tempête implacable
Ne pourrait briser ce câble
Où les cœurs sont attachés.

Pour égaler le cratère
Qui brûle dans vos grands yeux,
Il faudrait prendre — ô mystère ! —
Des diamants sur la terre,
Des étoiles dans les cieux.

Oh ! pour ceindre la couronne
De votre amour convoité,
Avec des regards de faune,

Un prince offrirait son trône .
Un dieu, sa divinité !

— Elle répondit, la blonde,
Au doux chant aérien : —
Je suis plus folle que l'onde !
Ce que l'on paîrait d'un monde,
Poëte, prends-le pour rien !

New-York, février 18..

XXIII

The rapture of his heart had look'd on high,
And ask'd if greater dwelt beyond the sky.

BYRON.

Sous les frais parfums d'un sassafras sombre,
  Près de Clifton Park,
Je vis Cupidon m'appeler dans l'ombre,
  Sans flèche et sans arc.

Le fils de Vénus était jeune et rose
  Comme.aux plus beaux jours;
Il avait le teint de fleur fraîche éclose,
  Le dieu des amours.

Il me dit : — Tu vas, bouche véridique,
  Apprendre aux mortels
Que le dieu charmant de Cypris abdique
  Et vend ses autels.

J'ai su bien longtemps vaincre le vulgaire,
  Ivre d'un baiser ;
Mais je puis enfin cesser toute guerre
  Et me reposer.

Dis-le sur le mont, dis-le dans la plaine,
  Moi, le dieu vainqueur,
J'ai mis tous mes traits dans les yeux d'Hélène.
  Mon arc, dans son cœur.

New-York, juillet 18..

XXIV

Tout me plaît tour à tour;
Mais au ciel et sur terre
Le trésor que préfère
Mon cœur jeune et sincère.
C'est amour pour amour.

THÉOPHILE GAUTHIER.

Quand j'ai le cœur plein de tristesse,
C'est que je ne vois pas ton sourire enchanté; —
C'est qu'un dieu bienveillant t'a nommé mon hôtesse,
Quand j'ai le cœur plein de gaîté.

Quand je me sens pris de fatigue,
C'est que sous un refus tu voiles ta splendeur; —
C'est que ton désir fier a rompu toute digue,
Quand je me sens rempli d'ardeur.

Quand mon ciel s'enveloppe d'ombre ,
C'est que le sort jaloux me cache ton sommeil ; —
C'est que ton regard bleu luit sur mon âme sombre ,
Quand mon ciel s'emplit de soleil.

Quand je m'asseois et que je doute ,
C'est que des maux jaloux tu m'infliges la croix ; —
C'est que tu viens semer des roses sur ma route ,
Quand je me lève et que je crois.

Quand je trouve la terre laide ,
C'est que tu m'as parlé froideur, oubli, tombeau ; —
C'est que ton jeune amour veille et vient à mon aide ,
Quand je trouve le monde beau.

O ma cruelle, quand je pleure ,
C'est que chez un rival tu vas, malgré mes cris ; —
C'est que ton frais baiser dans l'alcôve m'effleure ,
O ma belle, quand je souris.

New-York, juin 18..

XXV

Tecum vivere amem, tecum obeam libens.

HORACE.

Si tu veux, nous ramerons
En descendant le grand fleuve;
Dans une nacelle neuve,
Comme deux nègres marrons,
Si tu veux, nous ramerons.

Si tu veux, nous camperons
Sous le regard des étoiles.
Vivent les tentes de toiles!
Avec les Indiens Hurons,
Si tu veux, nous camperons.

Si tu veux, nous partirons
Pour l'autre côté du monde ;
Remuant la terre et l'onde
En voyageurs fanfarons,
Si tu veux, nous partirons.

Si tu veux, nous dormirons,
Côte à côte, sans rien faire ;
Dans l'oubli tourne la sphère.
A l'ombre des liserons,
Si tu veux, nous dormirons.

New-York, juillet 18..

XXVI

AMOUR ET PRINTEMPS.

> La mousse épaisse et verte abonde au pied des chênes.
>
> Victor Hugo.

Plus d'ombre ! plus de brume !
La terre au soleil fume ;
   Le ciel est bleu.
Vêts-toi de mousseline,
Quittons pour la colline
   Le coin du feu.

Couverte dans sa gloire
D'un long voile de moire
   Brodé d'argent,
La mer, sous la falaise,
Enfle d'amour et d'aise
   Son sein changeant.

L'algue, près de la rive,
Voluptueuse, arrive,
   Pleure et s'endort,
Mêlant sa chevelure
A la verte annelure
   Au sable d'or.

Le goëland qui glisse
Sur l'onde bleue et lisse
   Voit, par moments,
Le baiser de la brise
Couvrir son aile grise
   De diamants.

Dans le bois qui s'agite
L'écureuil fait son gîte.
— Joyeux élans !
Les couleuvres superbes
Fouettent les longues herbes
De nœuds sifflants.

Le pin, droit comme un cierge,
Berce la vigne vierge
Dans l'infini ;
Et sur le rameau frêle,
La blanche tourterelle
Bâtit son nid.

L'aigle gris à l'œil louche
Epargne l'oiseau-mouche
Et le moqueur.
Tout souffle l'allégresse ;
Viens, ma jeune maîtresse,
Viens sur mon cœur.

Détache ta ceinture :
Tandis que la nature
   Va refleurir,
Sur ta lèvre ravie,
Pour jouir de la vie,
   Je veux mourir !

•

New-York, mars 18..

XXVII

ABSENCE.

> Mets-moi comme un cachet sur ton cœur.
>
> *Cantique des Cantiques.*

Que m'importe ! pour moi cette maison est vide,
Cette fleur, sans parfum et ce ciel bleu, livide ;
  Cette ombre est sans concerts.
— Je t'ai quittée, hélas ! depuis trois jours, Lizzie,
Et tous ces champs, sans toi, n'ont point de poésie,
  Et ces bois sont déserts.

C'est en vain que j'entends chanter toutes les bouches,
Que je vois s'égarer le vol des oiseaux-mouches
    Dans les lis pleins de pleurs,
Et que le chèvrefeuille aux noirs rameaux des chênes
Balance mollement ses gracieuses chaînes
    De verdure et de fleurs.

Je regarde, distrait, sous ses rives brûlantes,
Couler du Potomack les eaux jaunes et lentes
    Où l'orage est venu ;
Et puis, à l'horizon, l'immense Virginie,
Et ses flots de feuillage et ses flots d'harmonie,
    Et son ciel inconnu.

Sans changer mes pensers la brise familière,
Sur le front du vieux toit, fait retomber le lierre
    Comme un sombre camail,
Et vient bercer la rose, et chanter, et s'ébattre,
Et secouer gaîment sur les vases d'albâtre
    Les cactus de corail.

Oui, le monde est charmant, mais ton regard possède
Le don de m'éblouir, et le reste lui cède.

    Ton regard c'est le feu ;
Ton regard c'est le ciel, c'est le beau, c'est la vie,
C'est mon front souriant, c'est mon âme ravie,
    C'est un rayon de Dieu !

Hélas ! que deviendra le lis d'or sans sa tige
Et le nid dans les bois sans l'oiseau qui voltige
    Et l'enfant sans soutien,
L'arbre mort sans le lierre ami qui le console,
La terre sans soleil, la barque sans boussole
    Et mon cœur sans le tien !

                Georgetown, juillet 18..

XXVIII

Spes incerta futuri.

VIRGILE.

Quand je pense qu'un jour, jeune femme aux doux yeux
Qui de mon triste exil faites un temps joyeux,
Nous serons séparés par cette mer de flamme,
Et que l'oubli viendra m'effacer de votre âme,
Que vous irez, alors, le soir, pour sommeiller,
Encadrer votre front dans le blanc oreiller
Sans vous inquiéter où le mien se repose ;
Que vous — celle qu'ici je vois, vous, blanche et rose, —
Qui savez délasser, muse aux charmants accords,
Des douleurs de l'esprit par les plaisirs du corps :

Qui vous donnez à moi, fidèle, pure et nue,

Qui m'ouvrez les secrets de votre âme ingénue,

Qui pleurez de bonheur en me disant : — Toujours !

Vous me perdrez de vue au bout de peu de jours,

Et vous vivrez au sein des fleurs, ô douce blonde,

Sans savoir si je suis encore de ce monde ! —

Quand je pense à cela dans mon doute profond,

En pleurs désespérés mon cœur amer se fond.

Oh ! c'est triste à penser ! rien de fort ! rien de stable !

Nous ne pouvons compter sur rien de véritable.

La vie est un mensonge ; et, parole qui mord,

Des hommes ont crié : — La mort n'est pas la mort !

— Aujourd'hui nous sourit ; mais je me dis : — Qu'importe !

Car demain menaçant vient — il frappe à la porte !

Hélas ! le renouveau ne prévoit pas l'hiver ;

Le gazon peut rêver qu'il sera toujours vert ;

La mouche diaphane, au ciel berçant son aile,

Sur les iris d'un jour peut se croire éternelle ;

L'eau du ruisseau d'azur, dans son lit de cristal,

Ne sait pas qu'elle court à l'océan fatal :
Seul, sur le gouffre obscur où toute barque sombre,
L'homme voit, secoué par une terreur sombre,
Dans le bonheur présent déjà près de finir,
Sourdre confusément le malheur à venir.

West-Hoboken, septembre 18..

XXIX

NUIT SUR LE LAC ÉRIÉ

Such as creation's dawn beheld, thou rollest now.
BYRON.

Dévidant un ruban d'écume,
Nous revenions à Buffalo;
Nous voguions sous un ciel sans brume,
Dévidant un ruban d'écume,
Et nous chantions, le soir, sur l'eau. —
Indiens tombés en esclavage,
C'était votre beau lac sauvage! —
Au loin, dans l'ombre du rivage,
Le phare allumait son falot.

Nous étions trois dans la nacelle
Dont la voile s'enflait gaîment.
Penchés sur le bord qui ruisselle.
Nous étions trois dans la nacelle,
Admirant le flot bleu charmant.
La brise à la fraîche caresse
Qui secouait notre paresse
Semblait être un soupir d'ivresse
Poussé par la terre en dormant.

Le ciel pur s'emplissait d'étoiles;
La vague prenait des tons bruns;
Le vent frémissait dans les voiles;
Le ciel pur s'emplissait d'étoiles
Et l'air s'emplissait de parfums.
Hurrah pour les astres sans nombre!
A l'horizon devenu sombre,
Le soleil, disparu dans l'ombre,
Enterrait ses rayons défunts.

— Glisse, glisse, barque légère,
Devant le vent qui te poursuit;

Vers la grande rive étrangère,
Glisse, glisse, barque légère,
Au sein des ombres de la nuit.
Puisque l'obscurité s'épanche
Le long de ton haut mât qui penche,
Gonfle, gonfle ton aile blanche;
Comme un oiseau fends l'air sans bruit!

— Pendant que nous chantions sur l'onde,
Les cieux étaient éblouissants.
Vénus montait, suave et blonde,
Pendant que nous chantions sur l'onde,
Poussés par des souffles puissants.
— Et, formidable et gracieuse,
Autour de la barque joyeuse,
L'immensité silencieuse
Semblait écouter nos accents.

Buffalo, juillet 1857.

XXX

Croyez-le ! une vie d'amour est une fatale
exception à la loi terrestre ; toute fleur
périt ; les grandes joies ont un lendemain
mauvais, quand elles ont un lendemain.

BALZAC.

Comme tu sourirais, ravie,
Ivre d'amour et de désir,
Si de chaque heure de ma vie
Je pouvais te faire un plaisir !

Quels éclairs lanceraient tes charmes,
Nageant dans l'éblouissement,
Si de chacune de mes larmes
Je pouvais faire un diamant.

Comme tu brillerais sans voile
Sous un astre pur et joyeux,
Si je pouvais faire une étoile
Du double rayon de mes yeux !

Comme ton front blanc qui repose
Aurait un coussin ravissant,
Si je pouvais faire une rose
De chaque goutte de mon sang !

Dans quel mélodieux délire
Tu pleurerais notre bonheur,
Si je pouvais faire une lyre
Avec les fibres de mon cœur !

New-York, décembre 18..

XXXI

A HÉLÈNE.

My heart is sad, my hopes are gone.

Byron.

J'écoute en vain si le bonheur apporte
Un doux appel sur le seuil de ma porte.
Tout est muet; et j'écoute toujours.
— Où sont allés nos chants et nos amours? —
Là, dans mon cœur, une voix se lamente,
Et je suis triste à mourir, ma charmante.

8

Et je suis triste à mourir, ma charmante.
Ma vie, hélas! est comme une eau dormante
Qui ne reflète en son morne miroir
Que des objets désespérants à voir ;
C'est un grand lac de tristesse uniforme. —
J'ai sur le cœur, amie, un poids énorme.

J'ai sur le cœur, amie, un poids énorme.
— Où sont les jours où nous allions sous l'orme
Parler tout bas en nous pressant les mains ?
Par les détours des plus sombres chemins,
Nous approchions à pas lents de la grève...
— Hélas ! hélas! avons-nous fait un rêve?

Hélas! hélas! avons-nous fait un rêve?
L'heure d'amour serait-elle si brève?
Les doux moments étaient-ils épuisés?
Espoirs déçus, désirs inapaisés!
Pleurons dans l'ombre, âmes inassouvies!
— O voluptés de tortures suivies !

O voluptés de tortures suivies!
Baisers glacés sur nos lèvres ravies!
Pâle horizon qu'un froid brouillard ternit!
— Je pleurerai l'an joyeux qui finit
Toujours, hélas! plein d'un regret immense;
Et je maudis l'an triste qui commence!

Et je maudis l'an triste qui commence!
Croire au bonheur, tu le vois, c'est démence!
Qu'a fait le sort des plus beaux de nos jours?
Où sont allés nos chants et nos amours!
Là, dans mon cœur, une voix se lamente
Et je suis triste à mourir, ma charmante.

New-York, décembre 18..

XXXII

ÉCRIT DANS UNE ALCOVE.

Oh! dis, fleur que la vie a sitôt fait flétrir,
N'est-il pas une terre où tu dois refleurir?

LAMARTINE.

Vous êtes là, sans rêve, étendue, — immobile, —
Et votre jeune enfant, dans son berceau débile,
       S'étonne, attendant votre appui.
C'est que la nuit d'hier fut la dernière veille ;
Et de votre beauté, ravissante merveille,
       Il reste un cadavre aujourd'hui.

Un cadavre — et pourtant vous me charmez encore.
Votre front est de ceux que la pâleur décore ;

Calme, vous semblez sommeiller.
Vous avez, en mourant, coquette, fraîche et pure,
Inondé des flots blonds de votre chevelure
        La dentelle de l'oreiller.

Vous saviez que quelqu'un, après votre agonie,
Contemplerait vos traits et leur douce harmonie
        Et baiserait vos froides mains.
La mort, en arrivant, vous trouva préparée :
Comme pour un grand bal vous vous étiez parée
        Et vous respiriez des jasmins.

Pour vous qui fûtes bonne et pleine d'indulgence,
Qu'on vit choisir toujours le pardon pour vengeance,
        Aimable et douce pour chacun,
La résurrection viendra, je le proclame !
Votre corps sera fleur, l'été prochain, madame,
        Et votre âme sera parfum.

New-York, septembre 18..

XXXIII.

Mon cœur était léger car j'y portais le ciel.

SAINTE-BEUVE.

Quand le morne hiver longtemps
A sévi sous le ciel sombre,
Déchaînant les noirs autans
Sur le frêle esquif qui sombre;

Quand les rapides traîneaux
Ont, sur les neiges accrues,
Avec des cris infernaux
Longtemps sillonné les rues;

Quand les vitraux malheureux
Qu'au souffle des vents on place
Ont gardé longtemps sur eux
Des arabesques de glace,

Qu'on est heureux, au réveil,
Quand s'est apaisé décembre,
De pouvoir, pour le soleil,
Quitter un instant sa chambre,

Et de réchauffer son sang,
Glacé par d'âpres haleines,
Au vent tiède et frémissant
Qui vient caresser les plaines !

Mais, — qu'on soit grave ou moqueur,
Sur une terre étrangère,
Rien ne réchauffe le cœur
Comme une lettre de mère.

New-York, janvier 1854.

XXXIV

NATICK.

Ici l'été plus frais s'épanouit à l'ombre.

Victor Hugo.

A MADAME S........

Je connais un beau lac d'azur,
Jaspé de reflets adorables ;
Sous un ciel rayonnant et pur
Je connais un beau lac d'azur ;
Son bord , d'un charmant clair-obscur,
Dort sous un vert rideau d'érables ;
Je connais un beau lac d'azur
Jaspé de reflets adorables.

Devant le lac, sur le gazon,
Un frais cottage étend son ombre :
Il rit à la belle saison
Devant le lac, sur le gazon; —
Et jusqu'au bleuâtre horizon,
Ondulent des arbres sans nombre.
Devant le lac, sur le gazon,
Un frais cottage étend son ombre.

La bonté règne sur ces lieux :
Son premier ministre est la grâce.
Douce et se dérobant aux yeux,
La bonté règne dans ces lieux ;
Mais le roi qu'on aime le mieux,
C'est l'enfant blond qui vous embrasse.
La bonté règne sur ces lieux :
Son premier ministre est la grâce.

Pleins de bonheur, allez, mes vers,
De ces bois saluer la reine !
A l'ombre des vieux chênes verts,

Pleins de bonheur, allez, mes vers.

Offrez mille souhaits divers

A la jeune mère sereine;

Pleins de bonheur, allez, mes vers,

De ces bois saluer la reine!

Boston, septembre 1858.

XXXV

SUR UNE BRANCHE DE LILAS

ENVOYÉE DANS UNE LETTRE.

A MA MÈRE.

> Une femme à qui vous dites : — Ma mère
> et qui vous répond : — Mon enfant !
>
> VICTOR HUGO.

Bien loin du belliqueux orage
Qu'y mène parfois le tambour,
Tu te promenais sous l'ombrage,
Dans le jardin du Luxembourg,

Le plus beau parc que je connaisse,
Le bois où l'amour est chassé,
Le Luxembourg de ma jeunesse,
Le Luxembourg de mon passé !

Qui voit souvent, sous l'ombre verte
De son marronnier panaché,
Rire mon frère à l'âme ouverte,
Songer mon père au front penché.

Tu marchais sous l'ombre féerique
De ces centenaires fleuris,
Rêvant, ma mère, à l'Amérique
Où toujours je rêve à Paris.

Oh ! dans la saison printanière,
Comme il est beau, le grand jardin ! —
Tu marchais dans la pépinière,
Grave et pieuse, quand, soudain.

Un arbuste avec un murmure
Courba sa tête devant toi :
Et tu cueillis dans la ramure
Un lilas en pensant à moi.

Et par delà la mer profonde
Tu l'envoyas tout parfumé,
Comme on envoie à travers l'onde
Un baiser à son bien-aimé.

Merci pour ce rameau ! je l'aime !
Merci, ma mère au jeune cœur,
Pour ta pensée et son emblème,
Pour ton amour et pour ta fleur !

Oh ! que le ciel toujours arrose
Et qu'il cultive, nuit et jour,
Cet amour au parfum de rose,
Cette fleur au parfum d'amour !

Dans un pur sachet je vais mettre
Ce lilas, talisman vainqueur,
Et, s'il s'est séché dans ta lettre,
Il refleurira sur mon cœur.

New-York, mai 1856.

II

CONVICTIONS ET DOUTES.

Toute conviction en peu d'instants dépose
Le doute, lie affreuse, au fond de tous les cœurs.

Victor Hugo.

I

Nil erit ulterius quod nostris moribus addat
Posteritas ; eadem cupient facientque minores.

JUVENAL.

Sois toujours fière et véridique,
O ma pensée, et ne va pas
Te faire humble sous leur compas !
Sans baisser ta voix fatidique
Sois comme la vierge pudique
Qui voile ses chastes appas.

Pourquoi changerais-tu ton ciel pur de nuée
Contre l'épaisse nuit des bas fonds infernaux ?
A quoi te servirait d'attirer la huée

Et de te promener, triste prostituée,

Au bruit des forgerons de tous leurs arsenaux,

Sur le trottoir boueux de leurs sombres journaux ?

    Laisse l'arc à qui veut le tendre.

    Au fruit suave auquel tu mords

    Ne mêle pas l'amer remords.

    Qu'un chant d'oiseau timide et tendre,

    Qu'un soupir t'empêche d'entendre

    Le bruit des fourgons pleins de morts.

En quoi te touche, ô toi, qui peux dans l'Empyrée

T'enfuir insaisissable et reine des destins,

Cette foule au cœur bas, par le mal inspirée ;

Qui pose du poison sur sa plaie empirée,

Qui s'éventre dans l'ombre, et, dans les champs lointains,

S'en va hideusement semer ses intestins !

    Laisse cette foule hargneuse

    Mener ses infâmes ébats

    Ou se ruer vers les combats.

Sois grande, pure, harmonieuse ;
Regarde en haut, ma dédaigneuse,
Laisse-les s'agiter en bas.

Contemple la beauté de l'étoile sereine ;
Vois planer le génie, aigle de l'univers ;
Et, quel que soit le but où ton culte t'entraîne,
Tiens-toi prête à lutter dans la céleste arène,
Mais ne t'arrête pas à répondre aux pervers :
Il est de certains noms qui souilleraient tes vers.

Qu'on voie une lueur étrange
Sur ton front calme flamboyer ;
Ne t'asseois pas à leur foyer,
Car, tu le sais, il faut être ange
Pour pouvoir toucher à la fange
Sans s'y salir et s'y noyer.

New-York, juin 1856.

II

A MON AMI ALBERT D......

Ch'è bel morir mentre la vita e destra.

PETRARCA.

Pour raffermir le cœur qui s'affaisse et qui tombe
Sous le pressentiment de son prochain trépas,
Tu ne viens pas crier — car tu prévois la tombe : —
    La mort ne viendra pas !

« Par delà le tombeau, dis-tu, plus de chimères,
Plus de ces visions qui rendent soucieux,
Plus de ces pleurs de sang, de ces larmes amères
    Qui vous brûlent les yeux.

Par delà le tombeau c'est l'oubli de la terre.
C'est le joyeux réveil dans un monde plus pur ;
C'est le repos serein, c'est la fin du mystère,
    L'inaltérable azur.

Par delà le tombeau, c'est la sainte harmonie,
Ce sont les doux concerts du céleste séjour,
C'est l'éternel bonheur, c'est la joie infinie,
    C'est l'immuable amour.

Heureux celui qui meurt au printemps de la vie !
Dans son étroit sépulcre il entre le front haut ;
Au banquet éternel auquel Dieu nous convie
    Il arrive plus tôt.

Tranquille, il ne veut pas blasphémer ni maudire ;
Il tombe doucement, brisé, mais non vaincu ;
Il meurt en tressaillant d'orgueil d'entendre dire :
    Oh ! s'il avait vécu !

Il va rêver là haut à des choses meilleures ;

Jamais il n'entend plus gémir l'humanité ;

Au lieu de peu de jours, au lieu de quelques heures,

Il a l'éternité.

Car tous ceux que la mort, avant leur âge extrême,

Vient tirer par la main de notre mauvais lieu,

Sont les enfants chéris du souverain suprême,

Les Benjamins de Dieu. »

— Et moi, je t'écoutais, bénissant ce mystère

Qui fait que bien souvent, quand le cœur a gémi,

Le baume le plus doux et le plus salutaire,

C'est la voix d'un ami.

Paris, août 1851.

III

Omnia vertuntur ; certe vertuntur amores.

Properce,

L'amour, vous le savez, Madame,
C'est un lien doux et vainqueur
Qui de deux souffles fait une âme,
Et qui de deux chairs fait un cœur.

Ce nœud tôt ou tard se délie,
Et c'est alors que l'oubli vient ;
Mais quand l'amour profane oublie,
La sainte amitié se souvient.

Comme le saule et l'eau limpide
Que nos cœurs soient unis toujours,
Et comme une histoire insipide
Reléguons bien loin nos amours.

D'autres amants, d'autres maîtresses
Pourront occuper nos loisirs,
J'oublîrai vos douces caresses
Et vous oublîrez mes soupirs.

Et dans nos veilles innocentes
Nos cœurs ne seront plus ardents:
Et de nos passions récentes
Nous nous ferons les confidents.

Comme un trop long apprentissage
Notre amour triste finira.
Cette rupture franche et sage
Plus que jamais nous unira.

Et si l'on vous parle, madame,
De cet amour jadis si fort,
Sans craindre que je vous en blâme,
Vous pourrez répondre : — Il est mort.

Et si l'on vient aussi me dire :
Vous étiez un de ses élus ; —
Avec un bien calme sourire
Je répondrai : — Cela n'est plus.

Nous ne pouvions plus, sans mensonges
Fondre plus longtemps nos baisers,
Car je ne suis plus votre songe
Et vous n'êtes plus mes pensers.

Lorsque je baisais votre tresse,
Quand vous m'étreigniez mollement,
J'embrassais une autre maîtresse,
Vous caressiez un autre amant.

Suivons donc notre fantaisie ;
Allons où volent nos désirs :
Je retourne à la poésie ;
Retournez, hélas ! aux plaisirs.

Et quand viendra le temps contraire,
Nous songerons avec douceur,
Vous, qu'il vous reste au moins un frère,
Moi, que j'ai toujours une sœur.

Paris, mars 1853.

IV

Castum ut servare cubile.

VIRGILE.

Ce jeune homme vous aime, hélas! veillez sur lui.
Il a frémi d'orgueil, lorsque votre œil a lui
      Sur sa douce prunelle ;
Prenez garde, Madame! Oh! ne secouez pas
Sur cette âme candide attachée à vos pas
      La douleur éternelle.

Hélas ! si vous saviez ce qu'un regard surpris
Peut verser dans un cœur de haine et de mépris,
      Vous seriez plus prudente :

Vous auriez un amour rêveur et patient
Pour ce cœur jeune et pur qui bat si confiant
    Sous sa poitrine ardente.

C'est un enfant encor par les illusions;
Il ignore l'assaut des rudes passions; '
    Vous le savez, Madame.
— Si vous vous amusiez quelque jour à ternir
Le prisme diapré de son bel avenir,
    Oh ! vous n'auriez point d'âme !

Aimez donc — ou, du moins, si votre cœur lassé
Pour l'amour maintenant est un gouffre glacé,
    O femme aux jours moroses,
Par pitié pour ses jours sur des rêves penchés,
Par pitié pour sa vie et son bonheur, cachez
    La neige sous des roses.

Paris, mars 1855.

V

L'IMPOSSIBLE.

Impossible n'est pas français.

NAPOLÉON.

L'Impossible! mot froid et dur comme le fer,
Revers du mot Destin, ombre du mot Enfer,
    Granit qui brise les courages,
Et qui reste toujours immuable et debout
Quand la mer des humains contre lui hurle et bout
    Sous le souffle ardent des orages.

Mot que Napoléon n'avait jamais compris,

Devant lequel, un jour, il recula, surpris,

Dans Waterloo, la rouge plaine ;

Mot dont il s'écriait dans son orgueil : — Il ment !

Et qui lui fut hélas ! expliqué longuement

Par les rocs noirs de Sainte-Hélène.

Paris, juin 1853.

VI

O laborum dulce lenimen.

HORACE.

Art libre et tout puissant, autrefois ta voix sainte
Par instants se taisait devant une autre voix, —
Quand la femme au cœur pur, de lin chastement ceinte,
    Causait d'amour au fond des bois.

Pétrarque à tes accents préféra ceux de Laure ;
Raphaël te perdit pour la Fornarina ;
Le Tasse dans son cœur sentant l'amour éclore,
    Pour un regard l'abandonna.

Mais, maintenant, hélas ! qu'on rit du cœur austère,
Que la femme se vend ou n'aime plus qu'un jour,
Toi seul vis dans les cœurs — depuis que sur la terre
    Les amours ont tué l'amour.

novembre 1852.

VII

A UN POÈTE.

Il n'y a que les âmes de feu qui sachent
combattre et vaincre.

J.-J. ROUSSEAU.

De tes jours oubliant le nombre,
Là, tu pouvais dans la pénombre
Chanter les douceurs du sommeil ;
Tu pouvais dans un long silence
Bercer ta rêveuse indolence
Et cacher ton repos vermeil ;

Sans t'émouvoir à leur passage,
Tu pouvais contempler en sage
Les luttes de l'humanité ;
Et, devant ces apprêts de guerre
Qui passionnent le vulgaire
Sourire, en disant : — Vanité !

Tu pouvais, penché sur un livre,
Insouciant, te laisser vivre
Et, tranquille, attendre ton jour ;
Tu pouvais, à ta fantaisie,
T'enivrer du vin Poésie
Et te nourrir du miel Amour ;

Mais tu veux ta part des tortures
Dans les terribles aventures,
Dans les effrayants branle-bas ;
Débordant de fougue imprudente,
Tu veux joindre ta note ardente
A la fanfare des combats !

L'ambition âpre et farouche
A crispé les coins de ta bouche,
Rempli tes yeux d'un clair reflet.
Plein d'une émotion profonde,
Tu jettes ton nom dans le monde
Comme un héraut son gantelet!

Voulant sur un socle de gloire
Immortaliser ta mémoire,
Tu cherches les dangers, d'abord ;
Car tu sais qu'un Maître sévère
Veut qu'on meure sur le Calvaire
Pour ressusciter au Thabor !

New-York, mars 1856.

VIII

De quoi peut donc avoir envie
L'artiste qui possède un grabat et du jour?
N'a-t-il pas pour passer la vie
L'amour de l'art, l'art de l'amour?

Paris, octobre 1852.

————◦————

IX

Homo es , non angelus ;
Caro es , non spiritus.

Imitation de Jésus-Christ.

Le poëte n'est pas un ange ;
Ce n'est qu'un homme comme nous.
Voyez-le : la douleur le change,
L'âge fait ployer ses genoux.

Il comprend nos querelles vaines,
Notre orgueil bouillonnant toujours ;
Lui-même il a toutes nos haines
Et, surtout, toutes nos amours.

Sa voix souvent mordante et fière
Et qui parle en mots triomphants,
En cessant de chanter sa mère
Commence à chanter ses enfants.

Car son cœur de chair est sensible
Aux affections d'ici-bas.
Il sourit au berceau paisible ;
Il pleure sur nos durs combats.

Par cent nœuds il tient à la terre ;
Il ment en désirant le ciel.
Il prend son amertume austère
Dans son bagage officiel.

En hasardant un œil timide
Dans les plis dont il est drapé,
Sous sa magnifique chlamyde
On voit un habit noir rapé.

Il pense au blé, dans les orages,
Bien plus qu'à l'immortalité ;

Tout en chantant dans les nuages,
Il vit dans la réalité.

Il y trébuche et s'en console
Comme tous les autres humains ;
Lui qui nous vante sa boussole,
Il se perd sur les grands chemins.

Il est toujours rempli d'alarmes
Pour son amour et son repos.
C'est une urne pleine de larmes
Qui se répand à tout propos.

C'est une girouette épuisée,
Un roseau, quand le vent sévit,
Un lis trop rempli de rosée,
Moins encore — un homme qui vit !

— Mais, quand la justice l'éclaire,
Il devient aussi grand qu'un dieu !
Son rire éblouit ! sa colère
Est comme un fer sortant du feu !

New-York, février 1855.

X

INFLUENCES SECRÈTES.

Jam ver egelidos refert tepores.

CATULLE.

I

Quand la douce saison des lilas est passée;
Quand un voile neigeux, sur la terre glacée,
  Remplace les moissons;
Quand le vent courbe et tord le squelette de l'arbre,
Ne pouvant plus au flot que l'hiver a fait marbre
  Donner de longs frissons;

Quand la voûte du ciel surbaissée et livide
Pèse sinistrement sur le rivage vide
    Où vacille un fanal ;
Quand la mer en fureur, plus noire que l'Averne,
Bat la roche grondeuse et creusée en caverne
    De son flot infernal ;

Quand le vaisseau perdu, sans marins, sans mâture,
Au gré des ouragans dérive à l'aventure,
    Grand cadavre flottant ;
Quand, en parlant, le soir, de naufrages sans nombre,
On voit se rétrécir autour du foyer sombre
    Le cercle grelottant ;

Alors, au bruit du vent qui fait grincer la porte,
À l'aspect du nuage affreux qui nous apporte
    La neige aux plis épais,
Mon cœur se rendurcit, se resserre en lui-même,
Devient, en oubliant le cœur vaillant qui m'aime,
    Égoïste et mauvais.

— Qui dira de combien de lugubres orages,

De nuages obscurs, de brisants, de naufrages,

D'éclairs au noir couchant,

De neiges, de frimas tombant sur les ramures,

De larmes, de douleurs, de cris et de murmures

Se compose un méchant?

II

Mais, quand des monts lointains les larges évidures

Se remplissent de fleurs, de chants et de verdures,

Au souffle du printemps ;

Quand, sous la grotte fraîche aux humides arcades,

L'âpre neige, changée en charmantes cascades,

Tombe en flots éclatants ;

Quand l'horizon s'emplit de bleuâtres fumées ;

Quand on ouvre sa vitre aux brises parfumées,

A la fin d'un beau jour ;

Quand les couples s'en vont par les bois et les landes

Pour tresser la bruyère en suaves guirlandes

Et pour parler d'amour ;

Quand le saule des prés où la chèvre vient paître
Étend ses longs rameaux sur la danse champêtre
    Comme un tremblant plafond ;
Quand le ciel bleu se mire au fond de l'eau dormante ;
Quand l'amant enivré dit à sa jeune amante : —
    Viens sous le bois profond !

Alors, avec la fleur de la compagne blonde,
Avec l'oiseau joyeux, avec l'arbre, avec l'onde,
    Avec le ciel d'azur,
Mon cœur s'épanouit, chante, jette ses voiles,
Se couvre de feuillage et se remplit d'étoiles,
    — Redevient jeune et pur.

Car l'homme est un miroir fidèle où se reflète
Du monde extérieur la peinture complète ;
    L'hiver fait notre fiel ;
Le cœur est toujours bon sous un soleil de flamme ;
L'amour, c'est le printemps et la beauté de l'âme,
    C'est la beauté du ciel !

New-York, janvier 1857.

XI

A PROPOS DE BOTTES.

> Si quelques fois on m'a poulsé au maniement
> d'affaires estrangières, j'ai promis de les
> prendre en main, non pas au poulmon et
> au foye.
>
> MONTAIGNE.

A quoi bon de l'esprit, du talent, du génie,
Des discours pleins d'éclairs, des vers pleins d'harmonie,
Et des courses sans fin à travers les hasards
Vers ces sublimes buts : la science et les arts?
A quoi bon la fatigue, et, dans la solitude,
Les amères douceurs de la sévère étude?

A quoi bon se pencher sur le livre immortel,
Construire, humble manœuvre, à l'Idée un autel
Et dépenser ses jours, rêveur que le mal navre,
A disséquer la page, à lire le cadavre?
Pourquoi, dans les cités pleines de vains accents,
Faire de ses douleurs le plaisir des passants,
Composer de ses pleurs le rire de la foule,
Être ce qu'on admire et ce qu'aux pieds l'on foule,
Avoir reçu pour nom dans l'ombre du berceau
La Bruyère ou Pascal, d'Alembert ou Rousseau?
Au saint culte du vrai s'attacher comme un lierre,
Avoir le rire triste et profond de Molière,
Et donner à ce peuple inquiet et moqueur
Son amour pour plastron et pour hochet son cœur?
Tout cela, ce n'est rien. Que dis-je? C'est un crime,
— Vous avez oublié d'étudier l'escrime.

Un jour, un spadassin, comme on tance un valet,
Vous dira : — Taisez-vous ! votre esprit me déplait.
Où donc avez-vous pris cet excès d'insolence?

Pas un mot ! en pensant vous troublez mon silence.

On me nomme Duel, et je ne permets pas

Qu'on vienne mesurer mon mérite au compas.

Assez ! sur mon éclat vos bons mots ont fait tache ;

Votre front qui médite irrite ma moustache ;

Et je trouve qu'il est au moins hors de saison,

Quand un homme d'épée a tort, d'avoir raison.

Vous ne savez vous battre :—Il me convient qu'on dise

Que le talent s'allie avec la couardise.

———

Alors, quand la colère enflamme votre front,

Quand votre chair s'indigne et rugit sous l'affront,

Il vous met à la main un fleuret. — On s'aligne. —

En garde ! — et que le sort soit en aide au plus digne !

On ne peut succomber dans les règles, à moins

D'avoir à ses côtés l'ombre de deux témoins.

Ainsi, tout est loyal. En avant ! Meurs ou tue !

———

Gloire au vainqueur ! voilà la pensée abattue.

Voilà le beau jeune homme au front pur, au cœur fier,
Dont la charmante voix nous ravissait hier,
Pâle, sans mouvement, râlant sur l'herbe rouge.
La mort, pour le saisir, attend qu'un bras le bouge.
Essuyez cette épée, — elle a fait son devoir.
— C'est une chose grande, et belle et noble à voir
Et que les niais seuls veulent ternir d'un blâme
Qu'un combat qui finit par le départ d'une âme.
Le triomphe est superbe et complet, en effet ;
Et les témoins ont dit : — L'honneur est satisfait.

———

Bravo ! je bats des mains, messieurs les duellistes.
Allons ! un nom de plus à coucher sur vos listes !
Bien ! la main sur la hanche ! — et sus au raisonneur !
— Votre bande, Messieurs, fille du point d'honneur,
Est grande, éblouissante, énorme, colossale,
Et plus forte que Dieu — de vos dix ans de salle.

———

Pour avoir de l'esprit sans danger, il faudra.

Dorénavant; savoir les armes. On devra,

Après chaque bon mot, tirer l'épée une heure,

Dans la prévision de lutte ultérieure,

Et, pour avoir le droit de suivre son chemin,

Dans tous les cabarets s'entretenir la main ;

Car, avec des chansons, si vous charmez l'espace,

Votre voix peut déplaire au voyageur qui passe.

Dans tout lycée, avant d'expliquer Juvénal,

On devra soutenir un assaut infernal,

Car Juvénal pourrait attirer une affaire.

A l'aide d'une épée on montrera la sphère.

Du tranquille travail longtemps on abusa ;

On mènera de front la botte et Spinosa ;

Et le seul prix d'honneur qu'il convient que l'on nomme

Couronnera celui qui vous tûra son homme.

Au baccalauréat l'on devra, s'il vous plaît,

Trouer dix fois un dix de cœur au pistolet.

L'étudiant en droit que souvent l'on chicane

Aux pandectes joindra la savate ou la canne :

Pour avoir sous la main toujours des arguments

Le carabin, expert dans les médicaments,

Dédaignant la lancette à sa trousse humble jointe,

Pourra superbement saigner d'un coup de pointe,

Et tout docteur saura, par l'étude aguerri,

Perforer, au besoin, l'homme qu'il a guéri.

Avec ce beau système, il fera bon de vivre :

On saura mieux l'épée, on lira moins le livre ;

Tibulle aura des mots dignes d'un obusier,

Et Platon signera : *L'élève de Grisier.*

Boston, juin 1858.

XII

Va ! nul mortel ne bris   avec la passion
    Vainement obstinée,
Cette âpre loi que l'un nomme Expiation
    Et l'autre Destinée.

                                VICTOR HUGO.

Des désenchantements humains longue est la liste.

Tout pousse le penseur au dogme fataliste.

Un pouvoir arbitraire, infrangible, absolu,

Aux plaintes de nos cœurs répond : — Je l'ai voulu !

Tous nos rêves de calme ont pour base un cratère.

Nous avons sur l'esprit le noir bandeau mystère.

C'est en vain que l'on veut vivre, penser, courir,

Comprendre, s'agiter, voir, avant de mourir,

Étudier, trouver dans la cosmogonie

Le fait consolateur d'une immense harmonie ;

Tout est, en un clin d'œil, hélas ! anéanti,

Et le rêve et le front duquel il est sorti !

12

L'homme lutte effaré contre un maître impassible.
Ce qu'il croit le probable est souvent l'impossible ;
Tout est obscur. Le monde est plein de contre-sens.
Ce que nous appelons s'enfuit à nos accents.
Si nous disons : — L'enfant rose qui vient de naître
Est notre joie, il meurt avant de nous connaître.
Si nous disons : — Partons, le ciel d'azur se teint ;
Soudain vient la nuée et le soleil s'éteint.
Tourment laborieux ! souffrance difficile !
Le regard s'obscurcit et la raison vacille,
Car ce que le plus sage à l'aurore a pensé
Paraît avant le soir l'avis d'un insensé.
Que faire ? Il faut pourtant user des jours sans nombre,
Tâtonner, essayer quelque chose dans l'ombre,
Chercher à s'échapper de son malheur, lutter,
Secouer son carcan lourd et se révolter ; —
Et nous ressemblons tous à Polyphême aveugle
Qui court, blasphème, pleure, et se débat, et beugle,
Et montre, sous un ciel ému de nos forfaits,
Sa douleur monstrueuse aux astres stupéfaits !

New-York, janvier 1857.

XIII

Toute la gloire que je prétends de ma vie, c'est
de l'avoir vescue tranquille ; tranquille non selon
Metrodorus, ou Arcesilas, ou Aristippus, mais
selon moy.

MONTAIGNE.

Ce que l'ambitieux fonde
M'emplit de pitié profonde.
Il ne construit rien de fort.
A la base de son œuvre,
Comme une noire couleuvre,
On voit se tordre la mort.

Rouge de sang, noir de poudre,
Il dit : — Je porte la foudre :
Tremblez, soldats enchaînés !

Je suis le maître, ma race
Sur vous a laissé sa trace,
Esclaves prédestinés !

Il dit. La calme nature,
Sans s'en émouvoir, rature
Ses titres de vanité :
Et sa main sublime et fière
Vient tracer le mot : poussière !
Sur le mot : éternité !

Oui, qu'un roi passe ses veilles
A combiner des merveilles ;
Qu'il fasse des Panthéons ;
Qu'il sème des monts de cendres,
Effrayant les Alexandres,
Domptant les Napoléons,

Il faut toujours qu'il arrive,
Tôt ou tard, à cette rive
D'où nul pas n'est revenu.
Il faut qu'il aille et qu'il tombe
Dans le gouffre appelé Tombe
Et dans l'abîme inconnu.

Donc, à quoi bon cette rage
De provoquer l'âpre orage
Et de passer dans le bruit ?
La vie est assez morose ;
Respirez plutôt la rose !
Savourez plutôt le fruit !

La violette timide,
Se penchant dans l'herbe humide,
Rit du dôme souverain ;
L'ombre tremblante d'un arbre
Vaut mieux que les murs de marbre
Et les colonnes d'airain.

Aux grands palais je préfère
Ce que le ramier sait faire
Dans le silence des bois.
Ce qui m'inspire et me touche,
C'est le nid de l'oiseau-mouche
Et non le Louvre des rois.

New-York., septembre 1856.

XIV

LE SPECTRE.

Oublions! oublions! c'est le secret de vivre.

LAMARTINE.

Quand , dans la saison des chaleurs ,
Je m'en vais respirer les fleurs ,
Menant mes loisirs dans l'espace ,
Un spectre tristement me suit
Et me dit : — L'hirondelle fuit ,
Les roses meurent , l'été passe.

Quand je pense aux pays lointains ,
Aux longs voyages incertains ,
Aux autres côtés de la sphère ,

Le fantôme me dit : — Hélas !
Dès le départ n'es-tu pas las ?
T'en aller si loin, pourquoi faire ?

Quand, épris de gloire et de vers,
Je songe à remplir l'univers
De ma fortune hasardeuse,
Le spectre s'approche et me dit : —
Prends garde à l'hôpital maudit !
Prends garde à la morgue hideuse !

Quand je me dis : — Un avenir
Prochain verra nos maux finir ;
Nous croirons avoir fait un songe. —
Le spectre, d'un air abattu,
Vient me répondre : — Qu'en sais-tu ?
Hier nous a fait un mensonge.

Quand je me suis longtemps promis
De vivre avec de vieux amis,
Heureux, dans une paix profonde,

Le spectre, en me prenant la main,
Sourit et me répond : — Demain
Vous dispersera par le monde.

Quand je rêve à l'amour charmant
De celle dont je suis l'amant,
Qui de mes vœux fait son étude,
L'ombre baisse son front pâli
Et souffle à mon oreille : — Oubli !
Doute ! ennui ! dégoût ! lassitude !

Que de fois il fut outragé !
Qu'il est sombre et découragé
Et plein d'amère défiance,
Ce spectre que l'on ne fuit pas,
Qui marche et s'attache à vos pas,
Et que l'on nomme Expérience !

New-York, septembre 1853.

XV

UN ÉCHO DU TEMPS D'HORACE.

Carpe diem, quam minimum credula postero.
Horace.

Amis, hier encor les vents froids de la nuit
Gémissaient sourdement sous la sombre ramure,
Et l'onde aux flots d'argent qui s'écoule sans bruit
    Rendait un long murmure.

Hier, nous regardions, tristes, les yeux baissés,
L'orage dans les champs briser les fleurs écloses :
Et son souffle effeuillait sur nos fronts affaissés
    Nos couronnes de roses.

Aujourd'hui, le soleil monte, resplendissant ;
On n'entend plus gronder l'âpre voix des tempêtes,
Et les vents amoureux viennent en frémissant
     Baiser nos jeunes têtes.

Ainsi change la vie ; il en faut bien user.
Sans attendre à demain savourons toute chose
Aux lèvres de corail demandons le baiser,
     Au printemps vert, la rose

Il ne faut pas attendre ; il faut savoir jouir.
Il ne faut pas laisser les fleurs à la faucille ;
De lumière et d'azur il se faut éblouir
     Quand le beau soleil brille.

Hélas ! tous les rayons sont bien vite endormis :
Il faut savoir jouir, car le destin nous presse,
Et si nos jours sont courts, passons-les, mes amis,
     Dans une longue ivresse.

Que serons-nous demain? ne le demandons pas.
Profitons du présent; le sort n'est pas fidèle,
Et chaque jour passé sous le ciel est un pas
      Vers la nuit éternelle.

Tant que l'étoile d'or vient émailler les soirs,
Enfant, vas te jouer sous les vertes charmilles,
Et fais briller d'amour avec tes beaux yeux noirs
      L'œil bleu des jeunes filles.

Maintenant ou jamais — on ne vit pas toujours —
Les chants harmonieux modulés sur la lyre,
Les rendez-vous de nuit et les folles amours,
      La joie et le délire.

Maintenant ou jamais les courses dans les bois
Après la jeune fille au plaisir toujours prête,
Dont le rire furtif et la tremblante voix
      Trahissent la retraite.

Maintenant ou jamais les baisers pleins d'attraits,
Les gages qu'on dérobe et qu'on ne veut pas rendre
A la timide enfant qui ne donne jamais
    Et laisse toujours prendre.

Maintenant ou jamais tout ce qu'on peut saisir
De ces biens assurés dont notre âme est ravie ;
Maintenant ou jamais l'amour et le plaisir,
    Le bonheur et la vie !

— Et, tout en savourant le vin pur et le miel,
Plaignons celui qui va, morose et solitaire,
Sacrifier dans l'ombre au vain rêve du ciel
    Les choses de la terre.

Paris, juillet 1850.

(XVI)

A UN JOURNALISTE.

Tout gonflé de poison, il attend les morsures.
VICTOR HUGO.

Lorsque ton esprit malheureux
Se prête à la courtoise lutte,
Tu rappelles l'âne amoureux
Qui voulut jouer de la flûte.

C'est dans ton rôle de Caton
Que je voudrais te circonscrire;
Alors, je revois Charenton,
Et tu me fais franchement rire.

13

Rends-nous tes vigoureux accents;
Porte ta bannière bien haute.
Ne va pas avoir du bons sens :
Ce serait une énorme faute.

Vois quelle chute et quel éclat
Si tu tombais, sot pédantesque,
Dans le style simplement plat,
Toi l'immortel roi du grotesque.

Retourne au journal sans raison
Où ton barbarisme foisonne;
Et répands ton pauvre poison
En soutenant qu'on t'empoisonne.

En parlant ainsi, tu me plais;
En toi je retrouve le maître;
Et lorsque je lis Rabelais,
Je me réjouis moins, peut-être.

Mais ne macère pas ta chair ;

Rassure ton âme exiguë.

Tu n'es pas Socrate, mon cher,

Pour qu'on te verse la ciguë.

New-York, février 1854.

XVII

CHANT D'AMOUR D'ÉLAGABALE.

> Ils ne savourent plus l'amour ni la beauté,
> Si l'horreur ne s'y mêle avec la volupté.
>
> LAMARTINE.

Les convives charmés savouraient en riant,
Dans l'or et dans l'agathe, un vin de l'Orient ;
Et puis, ils appelaient sur leurs couches de soie
Des prêtresses de Gaule, humbles filles de joie : —
Et sur un lit d'argent, sans regarder le jour,
Elagabale assis chantait ce chant d'amour : —

Mon front a desséché ma couronne de rose ;
Il est vide et brûlant ; qu'un doux parfum l'arrose !
Que le lis effeuillé tombe en flocons sur nous ! —
Les pleurs et le travail sont pour la plèbe immonde ;
Pour nous, qui, je le crois, avons encor le monde,
     L'amour est doux, l'amour est doux.

Amis, enivrons-nous auprès de nos maîtresses ;
Jouissons à loisir de leurs folles caresses ;
Jouissons ! — au néant, amis, nous allons tous. —
Vous savez le bonheur qu'un baiser vous procure :
Jouissons ! c'est la loi du suave Epicure. —
     L'amour est doux, l'amour est doux.

Ces prêtresses des bois nous étaient inconnues ;
— Le monde avait encor des femmes ingénues ! —
Otons-leur doucement tous ces voiles jaloux ;
Et sur leur lèvre rose, innocente et timide,
Imprimons notre lèvre en un baiser humide. —
     L'amour est doux, l'amour est doux.

Quand nos vils prisonniers luttaient, remplis d'alarmes,
On a vu leurs yeux bleus prêts à verser des larmes;
On a vu frissonner l'albâtre de leurs cous. —
Nos Romaines, vraiment, ne sont pas ainsi faites :
Il faut du sang toujours pour égayer leurs fêtes. —
    L'amour est doux, l'amour est doux.

Au grand amphithéâtre, avec mon Octavie,
J'ai vu trente chrétiens, hier, perdre la vie.
L'un d'eux, sauvé du Cirque, embrassait nos genoux;
Mais Octavie a dit : — Que me veut donc ce lâche?
Qu'on le jette aux lions avec un coup de hache! —
    L'amour est doux, l'amour est doux.

Voilà ce que l'amour a fait de nos Romaines.
Nous leur immolons tous des victimes humaines;
Nous répandons le sang en riant, sans courroux.
Notre plaisir s'accroît d'une douleur amère;
Pour tuer un enfant nous appelons sa mère. —
    L'amour est doux, l'amour est doux.

—Que faisiez-vous au bois? dans les temps où nous sommes
Pourrait-on vivre encor sans voir le sang des hommes?
Le Christ l'a dit, je crois; — ses disciples sont fous.
Non; vous tuiez aussi, mais pour vos dieux sauvages :
Eh bien! l'amour est Dieu, sur ces calmes rivages. —
    L'amour est doux, l'amour est doux.

Voyez; nous le fêtons sur ma verte colline :
Et le beau Silius avec sa Messaline
Déployait moins d'éclat loin du stupide époux.
Le doux parfum du nard jusqu'au ciel bleu s'élève,
Et pour qui veut tuer — tenez — voilà mon glaive.
    L'amour est doux, l'amour est doux.

Pourtant, ils faisaient bien la plus splendide orgie!
La terre de leurs vins était toute rougie;
Les bacchantes jetaient leurs voiles, leurs bijoux;
Silius chancelait; Messaline était ivre.—
Or, elle n'avait plus qu'une journée à vivre. —
    L'amour est doux, l'amour est doux.

Viens dormir dans mes bras, mon esclave nouvelle ;
Viens, dans ton œil brillant ton ardeur se révèle. —
Pourquoi la laissait-on pâlir sous les verroux ? —
Si je meurs cette nuit — la belle épaule nue ! —
Ce sera sur ton sein, ô ma vierge ingénue ! —
    L'amour est doux, l'amour est doux.

Viens goûter la saveur du cynique adultère.
— Et toi, l'esclave blond, donne-moi ma patère
Où des colliers entiers de perles sont dissous.
La coupe se répand, esclave ! ta main bouge !
— Qu'on plonge dans son corps des lames de fer rouge ! —
    L'amour est doux, l'amour est doux.

Mais viens, ma belle enfant. — Cet esclave de Thrace,
Nous le verrons d'ici se tordre et crier grâce !
Qu'il souffre une heure entière et son crime est absous !
— Un baiser ! un baiser ! que ta lèvre m'effleure !
Ah ! je t'aime à jamais ! — l'entends-tu bien ? il pleure. —
    L'amour est doux, l'amour est doux.

Venez toutes , venez , ô mes vierges charmantes !
N'écoutez pas ces cris ; venez , ô mes amantes !
— Hé ! qu'on jette cet homme à mes levriers roux ! —
Tombez autour de moi , fleurs que le destin sème !
Un baiser ! un baiser ! encore un ! je vous aime ! —
      L'amour est doux , l'amour est doux.

Non — le dégoût me gagne — écartez votre bouche.
Otez ces bras lascifs — ne foulez pas ma couche.
Partez — laissez-moi seul ; je ne veux rien de vous , —
Pour cette nuit encor, je vous souffre , mes reines ;
Demain , l'on jettera vos beaux corps aux murènes. —
      L'amour est doux , l'amour est doux.

———

Les convives dormaient , épuisés par l'ivresse.
Elagabale seul veilla dans sa détresse ;
Que fit-il ? on ne sait ; — mais , à l'aube du jour ,
Quand les beaux conviés quittèrent son séjour,
Ils vinrent avec lui , complaisance indolente ,
Voir des lambeaux de chair flotter dans l'eau sanglante.

Paris , janvier 1851.

XVIII

O siècles à venir! que est donc votre sort?

ALFRED DE MUSSET.

Comme tu détruis tout, scalpel de l'analyse !
Aujourd'hui, tristement, le Christ meurt dans l'église,
    Seul, sous un jour blafard.
Les voûtés des couvents sont veuves de leurs ombres ;
Le spectre a, pour jamais, cédé les cryptes sombres
    Au sacristain cafard.

On ne croit plus à rien qu'aux affaires de Bourse,
Qu'aux bateaux à vapeur et qu'aux chevaux de course.
    Le gaz éclaire tout.

Pour régir l'univers, encor frais du baptême,
Tout enfant qui bégaie échafaude un système
      Dans son cerveau qui bout.

Plus de saintes terreurs, de légendes sinistres.
Ce siècle osa de Dieu garotter les ministres,
      Plus heureux que Titan.
Si l'on chante, la nuit, aux doux sons des guitares,
On ne voit plus sortir des rouges solfatares
      Le front noir de Satan.

Et si la poésie, en dégoût de la terre,
Dans le vague infini va chercher le mystère
      Qui si loin s'envola,
Pendant que dans le ciel elle chante victoire,
Un gendarme, sortant de quelque observatoire,
      Vient et dit : — Halte là !

New-York, août 1855.

XIX

A J......

Dans le monde vous avez trois sortes d'amis : vos
amis qui vous aiment, vos amis qui ne se sou-
cient pas de vous, et vos amis qui vous haïssent.

CHAMFORT.

Il va derrière toi comme une ombre attentive,
Prenant avidement ce que tu ne veux plus.
Il ramasse en secret et d'une main craintive
Tes amours épuisés et tes livres trop lus.

De n'en pas perdre un seul il a fait sa science.
Il accepte après toi les plats de tes banquets.
De son peu de valeur il a la conscience ;
Il va derrière toi comme un humble laquais.

Il fait de tes rebuts son bonheur, sa pâture ;
Il suit ton bon plaisir, il sert ta liberté ;
C'est une misérable et tremblante nature
Qui n'a pas de pudeur, n'ayant pas de fierté.

Il n'a jamais connu cet orgueil de jeune homme
Qui se plaît à braver les risques des combats,
Ce franc parler du fort qui ne craint rien et nomme
Hautement ses amours en disant : — Chapeau bas !

Il n'a jamais compris ce dédain du mensonge
Qui dort sur un serment dans un calme profond ;
Il est plein de soupçons ; il veille, épie et songe :
Il est de cette chair dont les traîtres se font.

Blême et se sentant choir sous la peur qui l'opprime,
Il déguise sa joie, il masque sa douleur ;
Il cache aux yeux de tous ses amours comme un crime :
Il rampe au rendez-vous comme un honteux voleur.

14

Va, ne l'écrase pas, ce fatal imbécile
Qui n'ose, contre toi, faire rébellion.
N'est-il pas naturel de voir, souple et docile,
Le chacal satisfait des restes du lion ?

Paris, décembre 1858.

XX

Specta, juvenis.... cœterum, in ea tempora
natus es quo firmare animum expediat con-
stantibus exemplis.

TACITE.

Le génie est visible au front de certains hommes.
Dans cette nuit épaisse et mortelle où nous sommes,
Où les plus clairvoyants, courbés sur leurs bâtons,
En s'essuyant le front, s'avancent à tâtons,
Bien au-dessus de nous, foule vaine et changeante,
Mer aux flots impuissants que leur reflet argente.
Ils portent dans le ciel, formidable ou serein,
Ton front majestueux, tranquillité d'airain!
Ainsi, lorsque la nuit étend son sombre voile,
Sur les flots inquiets luit l'immuable étoile.

West-Hoboken, septembre 1854.

XXI

ÉCRIT

SUR UNE TÊTE DE MORT.

En me voyant ne sois pas fier
De ta beauté si peu durable.
A toi j'étais semblable hier ;
Demain tu me seras semblable.

Paris, septembre 1851.

XXII

..... Nunc ego mitibus
Mutare quæro tristia.

Horace.

Hélène, dans la vie apportons un cœur fier.

Aujourd'hui ne doit pas recommencer hier,

Et c'est perdre son temps que de dire aux étoiles : —

Arrêtez ! à la nuit : — Garde encore tes voiles !

Vois-tu, ce qui s'en va ne se peut retenir.

— C'en est fait — et ce qui finit devait finir.

Ne courons donc pas, chère, après l'ombre des choses,

Et laissons s'effeuiller les amours et les roses.

A quoi bon essayer de détrôner le fait ?

Suivons le froid chemin de la cause à l'effet ;

Laissons le vent chasser les tourbillons de cendre,

L'eau s'écouler, le gaz monter, le poids descendre,

Et ne rappelons pas dans un désespoir vain

Les jours évanouis de ce passé divin.

Quand arrive la neige, est-ce que l'on rappelle

L'ombre verte, les fleurs, l'azur et l'hirondelle ?

Non ; une douce voix vient dire au cœur : — Attends

L'aube d'un autre amour et d'un autre printemps ;

Un jour, tu reverras de plus fraîches images ;

La neige et les regrets s'en iront en nuages,

Et les monts attristés, et ton cœur soucieux,

Frémiront en sentant venir du fond des cieux

L'heure qui fait éclore à sa lumière blanche

Les baisers sur la bouche et les fleurs sur la branche.

New-York, novembre 18..

XXIII

ÉTUDE DE FEMME.

Look on the picture! deem it not o'ercharged ;
There is no tract which might not be enlarged.

Byron.

Oh ! ne la plaignez pas ! ne la secourez pas !
Laissez-la dans la boue où s'enfoncent ses pas !
Pour l'esprit attristé, c'est une indigne étude.
Laissez-la dans l'horreur et dans la turpitude !
Donnez-lui le mépris effrayé qu'on lui doit. —
Au milieu des enfants qui la montrent du doigt,
Comme un dogue hydrophobe à la gueule écumeuse,
Laisse-la s'en aller, la femme venimeuse !

Le dégoût de son corps transpire. A son approche,
Les sombres goëlands volent de roche en roche,
Le soleil éclatant voile ses rayons d'or
Et les lis indignés murmurent : — Proh pudor !

La plume se refuse à tracer cette ébauche. —
Son corps est épuisé par vingt ans de débauche.
.A treize ans, on la vit offrir pour de l'argent
Sa fleur de jeune fille à l'amour d'un sergent.
Elle mit à l'encan sa fraîcheur éphémère.
Elle se fit un jeu des larmes de sa mère,
Rapportant sous le toit qui soigna son berceau
Le déshonneur infect trouvé dans le ruisseau.
Depuis, sinistrement, de bassesse en bassesse,
Dans l'abîme sans fond elle tomba sans cesse,
Si bien que, maintenant, content de l'irriter,
Le lupanar honteux n'oserait l'abriter !

Quand on suit cette femme ignoble, l'on s'étonne,
En comprimant son cœur, où la colère tonne,
De voir des êtres vils se risquer, sans frémir,

A payer son baiser qui vous ferait vomir !

Jusqu'à son lit maudit plutôt que de descendre,

J'aimerais mieux dormir seul et nu dans la cendre,

Et je m'éloignerais de son amour moqueur,

Heureux d'avoir au moins quelque vaillance au cœur !

Oui ! je me croirais moins souillé par la vermine

Que par l'attouchement de son manteau d'hermine !

— Mais, hélas ! à côté du cygne et du ramier,

Il est des hommes porcs, amoureux du fumier !

Et c'est elle — ce masque au visage de femme

Que l'infamie altère et que la honte affame,

Cet être monstrueux tout gonflé de forfaits,

Cette machine impure où les mourants sont faits, —

Et c'est elle qui vient, sans que de la justice

Le tonnerre effrayant remue et retentisse,

Répandre son venin, qu'ignore ta candeur,

Sur toi, fleur de l'amour et fleur de la pudeur !

Pauvre ange qu'insulta la femme envenimée,

Détourne tes beaux yeux, ma douce bien-aimée ;

Reste calme et sereine, et remplace soudain
Par un sourire pur ton regard de dédain.

N'y pense plus, mon âme, et sois comme la vierge
Qu'on voit, sur l'humble autel, à la clarté du cierge,
Sans abaisser les yeux sur le vice rampant,
Poser un pied vainqueur sur le cou du serpent.
Sois toujours belle, enfant, blanche et pleine de grâce.
Laisse la haine affreuse aboyer sur ta trace,
Et poursuis ton chemin en respirant les fleurs.
Hideuse, elle voudrait brûler tes yeux de pleurs ;
Mais que t'importe, à toi ? tu planes dans l'espace.
Cette femme est trop bas. Regarde au ciel, et passe !
Ses cris meurent dans l'ombre et ne t'atteignent point,
Car elle n'est pas digne, en te montrant du poing,
Elle qui crut t'offrir l'éponge de vinaigre,
Du soufflet d'un valet ou du crachat d'un nègre !

New-York, août 1856.

XXIV

Lætare ergo, juvenis, in adolescentia tua
et in bono sit cor tuum.

ECCLÉSIASTE.

Vois-tu ; c'est dans notre nature :
Notre âme ne peut digérer
Une trop forte nourriture,
Sans en souffrir et s'altérer.

Fermons vite, fermons ce livre
Tempétueux et fatigant. —
Est-ce que la voile se livre
Pour son plaisir à l'ouragan ?

C'est trop longtemps sonder l'abîme.

N'as-tu pas besoin, par moment,

De te reposer du sublime

Dans l'ineffable et le charmant ?

N'aimes-tu pas, sous l'humble ombrage,

A noter, dans un calme pur,

Après le cri qui dit : — orage!

Le murmure qui dit : — azur!

A voir mourir dans l'harmonie

Et dans la paix du demi-jour,

Toutes les fureurs du génie

Sous la caresse de l'amour?

Il est des heures souriantes

Où l'œil veut, pour se reposer

De voir des choses flamboyantes,

Être fermé par un baiser.

Las d'interroger le mystère,
Dans sa paresse on aime mieux
Compter les roses sur la terre
Que les étoiles dans les cieux.

On aime mieux gagner ses rides
Dans l'amour que dans le travail ;
On préfère aux livres arides
La bouche d'humide corail.

Ce qu'une plume peut écrire,
Ce que peut graver un burin,
Ne vaudra jamais un sourire
Éclairé d'un regard serein.

Les sombres strophes inquiètes,
Les chants constellés de beaux vers,
Les merveilles de ces poëtes,
Immortels comme l'univers,

Les chefs-d'œuvre du plus grand maître,
Étonnement de l'avenir,
Ce que Shakspeare peut promettre
Et ce que Hugo peut tenir,

Tout cela ne vaut pas la prose
Que, dans leurs longs transports joyeux,
La rose murmure à la rose
Et les yeux répètent aux yeux.

Ces hommes qui tiennent la lyre
Sont divins comparés à nous;
Pour les entendre ou pour les lire,
On devrait se mettre à genoux.

Fils de la beauté lumineuse,
Ils sont plus forts que les destins;
Mais l'âme fait la dédaigneuse
Devant leurs éternels festins.

Ainsi, ma belle nonchalante,
Nos lèvres refusent parfois,
Pendant cette saison brûlante,
Des mets à contenter des rois ;

Mais, en revanche, ô jeune fille,
Comme moi, souvent, tu dînas
Ou d'une glace à la vanille
Ou d'un sorbet à l'ananas.

New-York, août 1856.

XXV

Oh! l'amour d'une mère, amour que nul n'oublie,
Pain merveilleux qu'un Dieu partage et multiplie!
Table toujours servie au paternel foyer!
Chacun en a sa part et tous l'ont tout entier!

VICTOR HUGO.

Pour le jeune homme fier et pour l'enfant qui tremble,
Pour les petits oiseaux dans leur nid sur le tremble,
Pour l'aiglon dans les cieux,
Pour l'être, quel qu'il soit, vivant sa vie amère,
Il n'est rien de plus doux que l'amour d'une mère,
Ni de plus précieux.

Mais cet amour si pur qui balance et caresse
L'esquif où dort l'enfant dans sa faible paresse
     Sous l'astre triomphant,
Cet amour si limpide est profond comme un gouffre ;
Et la mère, souvent, la pauvre mère en souffre,
     Lorsqu'en jouit l'enfant.

Que de songes joyeux et que de tristes rêves !
Que de projets sans fin bâtis, bâtis sans trêves
     Pour cet enfant chéri !
Quelle peur qu'il ne suive une mauvaise route !
Quelle sainte frayeur que le chevreuil ne broute
     Quelque poison fleuri !

Oh ! naître dans les bras de celle qui vous aime,
Grandir en entendant sa voix — douceur suprême ! —
     Vous chanter ses accords ;
S'avancer lentement sous l'aile protectrice
De celle qui pour vous est doublement nourrice,
     Soignant l'âme et le corps ;

Plus tard, lui rendre en soins, en baisers, en caresses,
Ses soins des premiers jours, ses anciennes tendresses,
    Ses baisers du berceau ;
Lui faire, chaque jour, pour qu'elle en soit ravie,
Une aurore de joie au coucher de la vie,
    Lui cacher le tombeau !

Est-il donc en ce monde où l'on voit tant de fange
Un concours plus charmant, un plus divin mélange !
    Soins reçus et donnés!
Une plus ravissante et plus grande peinture,
Un spectacle plus doux donné par la nature
    Aux esprits étonnés ?

Pour moi, je ne sais rien de plus beau chez les hommes,
Rien de plus saint à voir dans ce monde où nous sommes
    Que ces êtres tremblants :
La mère jeune et rose, ainsi qu'une merveille,
Veillant un pauvre enfant — qui, trente ans après, veille
    Sa mère en cheveux blancs !

— Et qu'on dise qu'un homme a perdu sur la terre
Ce qu'il jugeait sacré, durable ou salutaire,

    L'honneur, la joie ou l'or ;
Qu'on proclame qu'il pleure et n'a plus d'espérance,
— Je ne croirai jamais mortelle sa souffrance

    S'il a sa mère encor.

Paris, juin 1851.

XXVI

LE NIAGARA.

> Un de ces lieux où l'on croit voir faire la
> roue à ce paon magnifique qu'on appelle
> la nature.
>
> Victor Hugo.

A M. LE MARQUIS DE M....

I.

Que pourrait ajouter ma clameur à la sienne,
Mon obscurité neuve à sa splendeur ancienne,
Et mes vers à ses flots toujours en action ?
Anéanti, laissant dans le ciel chanter l'ange,
Le poëte s'arrête et, pour toute louange,

Pose un point d'admiration !

Ainsi je méditai quand, du haut du rivage,
Je plongeai du regard dans le gouffre sauvage ;
Devant cet infini je compris mon néant,
La Peur mit un baillon sur ma voix périssable
Quand, au soleil levant, je me vis, grain de sable,
     Face à face avec le géant.

Et tout autour de moi semblait pris de vertige,
L'arbre sur son rocher et la fleur sur sa tige ;
Les chênes frissonnaient ainsi que des roseaux ;
Les pins n'osaient rien dire au vent qui les balance ;
Tous les bruits de la terre, enfin, faisaient silence
     Autour du tonnerre des eaux.

Je m'assis sur la mousse. O grandeur ! ô tempête !
Rugissement du flot que la vague répète !
Cri suprême que jette un fleuve en succombant !
— Oh ! je m'élancerais, joyeux, dans la mort noire,
Si je pouvais, couvert d'un arc-en-ciel de gloire,
     Faire autant de bruit en tombant !

II.

Où sont les syllabes exactes
Pour représenter à l'esprit
L'emportement des cataractes
Se ruant vers le but prescrit?

Où pourrais-tu trouver, ô mage,
Fils de l'Orient exalté,
Une plus grandiose image
De l'aveugle fatalité?

Une vague écumeuse passe :
Est-ce un vain rêve? est-ce un éclair?
— Non, car j'entends frémir l'espace.
— Non, car je vois s'obscurcir l'air.

En avant le fleuve se rue :
Rien ne s'oppose à son dessein.
Plus d'un rocher, noire charrue,
Creuse un sillon blanc dans son sein:

Mais qu'importe au monstrueux fleuve.
A l'inéluctable torrent
Qu'un morceau de granit s'abreuve
Dans le milieu de son courant?

En vain le temps forma ces îles
Qui surnagent dans la terreur ;
Tous ces obstacles inutiles
Ne font qu'irriter sa fureur.

Voyez comme l'eau dans sa rage
Ronge cet îlot redouté,
Bouquet échoué dans l'orage,
Suspendu sur l'éternité !

De ce roc penchez-vous, livide.
Ceci répond-il à vos vœux?
Devant l'attraction du vide
Sentez-vous roidir vos cheveux?

Tremblez-vous de ne voir personne,
D'être là, les yeux égarés,
Seul, entre l'herbe qui frisonne
Et les grands chênes effarés ?

Contemplez — spectacle sublime !
De ce rocher vertigineux
L'horrible beauté de l'abîme
A la fois sombre et lumineux,

De l'abîme que nul n'affronte,
Que l'on admire en frémissant,
D'où le morne nuage monte,
Où l'arc-en-ciel joyeux descend.

Iris semble, en ouvrant son aile,
Faire planer en liberté
Sur cette tourmente éternelle
L'éternelle sérénité.

Car ce grand fleuve solitaire
Mêle, terrible et gracieux,
Toutes les horreurs de la terre
A toutes les gloires des cieux.

Bien, Niagara ! bien, tonnerre !
Mêle ton bruit aux vents ailés !
Fier, élance-toi de ton aire
Sur les rochers échevelés !

— Poëme admirable et sans règle,
Chaos effroyable et brillant,
Que n'oserait visiter l'aigle,
Où se plaisait Châteaubriand !

Châteaubriand, l'âme infinie,
Le lutteur, comme toi troublé,
Le grand cœur, l'orageux génie
Sous lui-même, enfin, accablé.

16

— Rugis, ô fleuve où l'esquif sombre,
Et coule, de débris couvert !
Jette au ciel bleu ton reflet sombre !
Jaspe d'écume ton flot vert !

Travaille sans fin et sans trève
A ton gouffre mystérieux
Et fais trembler au loin la grève
Au choc de tes bonds furieux !

Poursuis ton cours plein de désastres,
Et fais gronder sinistrement
Ton tonnerre affreux dont les astres
Ont peur au fond du firmament.

I I I.

Eh bien ! tu couleras, un jour, calme et timide ;
Ta vague expirera sur ton rivage humide,
Molle comme un baiser d'amour du premier soir ;
Et l'astre traversant l'éternel Empyrée
Verra tant de douceur dans ta vague azurée
  Qu'il la prendra pour un miroir.

Tu ne mêleras plus au bruit de la ramure
Que des accents douteux, ineffable murmure;
Nul brouillard ne ceindra tes fraternels îlots;
Les roseaux verdiront devant ta chute absente,
Et, sans le moindre effroi, la vierge rougissante
  Viendra se baigner dans tes flots.

Toute cette eau d'argent, nappe immense et brillante,
Qui couvre de ses plis ton écluse effrayante,
Comme un autre déluge à grand bruit arrivant,
Et qui semble, d'en bas, quand la nuit est sans voiles,
La tunique d'un ange accrochée aux étoiles
  Et flottant au souffle du vent,

Un jour, on la verra baiser, tranquille et lente,
Les méandres sans fin de ta rive indolente.
Des saules voileront son cours de leurs rideaux.
Veuve de ces écueils qu'en nos jours elle lave,
Les fils de l'avenir la verront, souple esclave,
  Apprendre à porter des fardeaux.

Devant l'humanité la nature recule.

L'aube de ce pays sera ton crépuscule.

L'avenir à ton flot dira : — C'est pour jamais !

— Sans qu'on arrache un roc à ta chute superbe,

Tu subiras la loi qui régit le brin d'herbe

      En murmurant : — Je me soumets.

Tu le comprends déjà, dans ta rude carrière,

Et, plein de désespoir, tu bondis en arrière,

O beau fleuve indien si fier de ta splendeur !

Mais Dieu ne pourrait rien contre la Destinée ;

Tu tomberas, au bout de ta lutte obstinée,

      Sous le fardeau de ta grandeur.

Rugis donc, aujourd'hui ! bondis de roche en roche !

Fais redouter à tous ta formidable approche !

Rebelle, double encor le bruit que tes flots font !

— Un jour, tu couleras, doux, patient, fidèle.

Et le steamer puissant et la faible hirondelle

      Rideront seuls ton flot profond !

IV.

Ainsi, dans son creuset énorme,
La nature, sans vanité,
Met ses chefs-d'œuvre et les transforme,
Lasse de son éternité.
L'immuable et le véritable
Ne sont pas de ce monde instable
Qu'une volonté redoutable
Mine toujours par un côté ;
Et, dans les jours d'effervescence,
Meurent pour une autre naissance
Tous les prodiges de puissance,
Tous les miracles de beauté.

Sans se transformer, rien ne dure.
Sur les grands monts, sous les berceaux,
On voit s'effeuiller la verdure
Et tomber le marbre en morceaux.
Le flot vert, la vague moirée,
La cascade fraîche et nacrée

Peuvent prolonger leur durée
Quelques siècles — quelques moments.
— Un jour, sur les choses célèbres
Se ferment des crêpes funèbres ;
On voit partir dans les ténèbres
Les sujets d'éblouissement.

Quand ils ont passé sur la terre,
Arrogants au milieu du deuil,
Qu'ils ont, pendant longtemps, fait taire
Toute voix devant leur orgueil,
Tout à coup le ciel devient sombre ;
Un Verbe effrayant sort de l'ombre : —
« De vos jours j'ai compté le nombre ;
« Je vous garde un destin nouveau ! »
— Et, sources proches ou lointaines,
Humbles courants, chutes hautaines,
Les Niagaras, les fontaines
Coulent sous le même niveau !

New-York, juillet 1857.

XXVII

Regrettez-vous le temps où le ciel sur la terre
Marchait et respirait dans un peuple de dieux

ALFRED DE MUSSET.

O maître de l'Olympe et des mers et des cieux,
    Arbitre volontaire,
Toi qui, dans ta grandeur, d'un éclair de tes yeux
    Faisais trembler la terre,

Jupiter, dieu des dieux, autrefois tout-puissant,
    Maintenant dans la poudre,
Qui flattais de la main ton aigle frémissant,
    Las du poids de la foudre ;

Toi, Phébus-Apollon, revenant, dieu charmant,
De la céleste arène,
Et poussant tes chevaux au poitrail écumant
Dans l'eau de l'Hippocrène ;

Toi, Bacchus, qui faisait mousser les flots de vin
Dans les larges cratères,
Glorieux conquérant guidant ton char divin
Traîné par des panthères ;

Vénus, mère d'Éros, courtisane du ciel,
Qui, sans soucis moroses,
Riant du noir Vulcain, de tes lèvres de miel
Baisais Mars sur des roses ;

Hercule dont le souffle aux vieux monts sourcilleux
Semblait une raffale,
Qui, pour te reposer d'avoir porté les cieux,
Filais aux pieds d'Omphale ;

Divinité des champs, mère pleine de soin,

    O Cérès alme et blonde,

De ta gerbe dorée éparpillant au loin

    Les épis sur le monde;

Cynthie aux yeux de nacre, au sourire changeant,

    Déesse taciturne,

Mirant du haut des cieux ton corymbe d'argent

    Au fond du flot nocturne;

Toi, qui frappais le sistre, Égyptienne Isis,

    Sous ta voûte secrète;

Bacchante au thyrse vert dansant la bibasis

    Dans les vignes de Crète;

Athlètes frottés d'huile, aux membres pleins d'éclat,

    Faits au gymnase antique,

Devant le peuple entier dressant au pugilat

    Les blonds fils de l'Attique;

Jeunes filles montrant vos membres découverts,
          Belles, sans fausse honte,
Sous les orangers d'or et sous les myrtes verts
          De Gnide et d'Amathonte ;

Jardin d'Academus, aux longs chemins dallés,
          Où brillaient, sous chaque arbre,
De beaux dieux souriant dans les plis tubulés
          De leurs péplos de marbre ;

Sourires du soleil, ombre du Parthénon
          T'allongeant dans la plaine,
Pyrée éblouissant, rose du Platanon
          Qu'on cueillit pour Hélène ;

Je l'aime, antiquité ! ta couronne de dieux,
          Tes mœurs, tes erreurs même,
Tes beaux esclaves nus, tes héros radieux —
          Antiquité, je t'aime !

Mais ce qui m'a charmé dans ces jours inconnus
A notre âge profane,
C'est, d'abord et surtout, ton impudeur, Vénus,
Ta chasteté, Diane !

II.

Oh ! comme on était grand, comme on était heureux
Dans ces temps héroïques,
Sans désenchantements, sans chagrins vaporeux
Et sans roideurs stoïques !

Les heures s'envolaient vers l'horizon vermeil
De soie et d'or filées,
Et chacun se sentait le cœur plein de soleil
Devant les Propylées.

Gigantesque épopée où l'on voyait s'unir
L'éternel, l'éphémère,
Dont un lambeau transmis au brumeux avenir
Immortalise Homère !

Poëme extravagant des jours évanouis,
    Pleins de métamorphoses,
Où des hommes, parfois, s'envolaient, éblouis,
    Dans les apothéoses !

Les passions, alors, avaient toutes leur but ;
    Pas une âme altérée,
Car on pouvait choisir, pour offrir son tribut,
    Pallas ou Cythérée.

Je regrette ce temps où l'humble enfant mortel,
    Rêveur pris de paresse,
Se voyait tout à coup élever un autel,
    — Aimé d'une déesse !

Je suis triste en pensant à nos malheurs accrus,
    A la gaîté flétrie,
Aux hôtes de l'Olympe à jamais disparus
    De la terre assombrie.

Oui, je pleure ces dieux que charmaient comme nous
    La féconde nature,
Créateurs qui, souvent, se mettaient à genoux
    Devant la créature !

III.

Ah ! malheureux songeurs, avez-vous avancé
    La grande œuvre du monde,
Pour avoir fait tomber Vénus du ciel glacé
    Au carrefour immonde ?

Pour avoir remplacé la Diane au front pur,
    Aux pudeurs adorées,
Par un bloc de granit emporté dans l'azur
    Selon des lois chiffrées ?

Pour avoir arraché l'écharpe aux cent couleurs
    D'Iris, la messagère,
Qui du beau ciel de Grèce essuya tous les pleurs,
    Souriante et légère ?

Pour avoir marchandé comme un criant abus
　　A Zeus sa cour première?
Pour avoir dételé les chevaux de Phébus
　　De son char de lumière?

Vous doit-on des honneurs pour avoir broyé l'œuf
　　Des merveilleuses races,
Et pour avoir zébré de coups de nerfs de bœuf
　　Les épaules des Grâces?

Pour avoir défendu les bords du gouffre amer
　　Aux Océanitides?
Pour avoir étranglé ces filles de la mer
　　Dans vos filets fétides?

Pour avoir effrayé dans le fleuve dormant
　　Les folâtres Naïades?
Pour avoir expliqué mathématiquement
　　La voix des Oréades?

Pour avoir mis au poste entre deux fantassins,
    De gaîté familière,
Bacchus-Dyonisus qui marchait nu, les seins
    Enguirlandés de lierre?

— Non! vous n'avez rien fait! n'élevez plus la voix!
    Le néant vous assiste.
— L'homme n'est pas meilleur qu'il n'était autrefois;
    Hélas! il est plus triste.

Vers la mort, maintenant, chacun marche en rêvant,
    Insoucieux s'il tombe,
Et, poëtes, soldats, moines du noir couvent,
    Tous ne font que leur tombe.

Car des dieux ravissants le cortége disert
    S'en est allé dans l'ombre.
Et le soleil couchant sur l'Olympe désert
    Profile un gibet sombre.

New-York, août 1885.

XXVIII

Omnibus est eadem lethi via.

Cornelius Gallus.

Tant de rudes travaux et d'amères sueurs ;
Tant de courses, la nuit, de lueurs en lueurs,
Après le vain appât de fugitifs mirages ;
Tant de soleils couchés dans de sombres orages ;
Tant de soucis, de pleurs, de doutes, de tourments.
De luttes au milieu des noirs événements ;
Tant d'efforts pour grandir son infime personne ;
Tant de mal pour se faire un beau nom qui résonne :
Tant de tâtonnements pleins d'angoisses, d'erreurs,
De désirs, de remords, de haines, de terreurs,
De guerres dans la foule et d'ennui solitaire ; — ·

Et tout cela, pour être un jour un peu de terre !

New-York, décembre 1856.

III

REGRETS ET DÉGOUTS.

N'est-ce pas un singulier tesmoignage d'imperfection,
ne pouvoir r'asseoir nostre contentement en aulcune
chose; et que, par désir mesme et imagination, il
soit hors de nostre puissance de choisir ce qu'il
nous fault?

MONTAIGNE.

I

Peut-être, un jour, j'aurai — doux rêve qui m'enchante —
Un vieux donjon croulant au fond d'un bois qui chante,
     Avec un domaine alentour,
Et peut-être — qui peut savoir? — dans quelque banque
On me fera crédit de l'argent qui me manque
     Et j'en relèverai la tour.

Ce château sera près de Paris, très-paisible,
Du côté de Meudon. — Ce n'est pas impossible. —
     J'aime tous ces coteaux boisés.

J'aime la Seine calme où, dans les flots verdâtres,

Se mirent, à défaut des feux rouges des pâtres,

Les plumets des toits ardoisés.

J'aurai peut-être aussi — mais, si je suis trop riche —

Une belle maîtresse, avare, et qui me triche,

Un intendant, joyeux luron,

Un coupé pour le bois, un canot pour la Seine,

A l'Opéra-Comique une loge avant-scène

Où mes amis s'endormiront.

J'aurai certainement un alezan de selle,

Pieds d'acier, l'œil baigné d'une fauve étincelle,

Toujours plein d'un feu spontané,

Qui bondira, suivi de flots de poudre grise,

Et qui m'emportera plus vite que la brise,

Comme un hippogriffe effréné.

Je puis avoir encor de forts limiers de race

Qu'on entendra sans cesse aboyer sur la trace

Des légers chevreuils de mes bois,

Et qui, sous les taillis, dédale inextricable,
Feront pleurer du sang, dans leur rage implacable,
    Au beau cerf qui tombe, aux abois.

Dans ma chambre j'aurai des armes étonnantes,
Dagues, yatagans, espingoles tonnantes,
    Mousquets, arquebuses, stylets.
Un trophée inouï! des tomahawks de pierres
Seront appendus là sur de vieilles rapières,
    Des flèches sur des pistolets.

J'aurai, dans un autel de mousseline blanche,
Vêtus de maroquin, brillants, dorés sur tranche,
    Mes poëtes charmants et doux.
Comme Cagliostro conviant des fantômes,
Tour à tour à souper j'inviterai leurs tomes,
    Et nous causerons entre nous.

J'aurai des champs de bled à la borne inconnue
Dont les fureurs du vent et les pleurs de la nue
    Viendront creuser les flots épais.

J'aurai de grands vergers, j'aurai des fleurs sans nombre ;
Ici j'aurai l'espace et là-bas j'aurai l'ombre ,
    J'aurai le loisir et la paix.

— Mais ce que n'aura pas mon âme inassouvie ,
Ce qu'infailliblement j'ai perdu pour la vie ,
    Ce qui vécut son dernier jour,
Ce que ne me rendra ni le temps , ni Dieu même ,
Ce qui s'en est allé dans un soupir suprême ,
    C'est la foi du premier amour !

New-York, mai 1855.

II

UN CYPRÈS.

Sur l'horizon lointain quand la frange des cieux
    Nettement se détache,
Que l'éternel azur étend devant nos yeux
    Son velours bleu sans tache,

Quand l'onde de l'étang qui reflète le ciel
    Est calme et rayonnante,
Et qu'on entend voler aux calices de miel
    L'abeille butinante,

Quand le souffle du vent, doux et respectueux,
        Glisse dans la prairie,
En arrachant à peine un bruit voluptueux
        A la rose fleurie,

Lorsque le bois profond, où le chevreuil s'endort,
        Retient sa molle haleine,
De crainte d'éveiller, sous ses courtines d'or,
        Sa compagne, la plaine,

Quand le souple rameau du saule soucieux
        Flotte avec nonchalance,
Lorsque tout, sous le ciel calme et silencieux,
        Est repos et silence,

Sous le dôme éclatant du firmament vermeil,
        Assis dans la bruyère,
Moi, je songe au tombeau qui verdoie au soleil,
        Dans le grand cimetière.

Hélas! hélas! Albert, toi qui dors sous les pleurs
    De l'herbe funéraire,
Tu ne reverras plus cette nature en fleurs
    Qui te charmait, mon frère!

              Meudon, août 1852

III

A ANDRÉ L.....

QUI VENAIT DE PERDRE UN DE SES CHIENS.

ROMÉO.
Dost thou not laugh?
BENVOLIO.
No, coz, I rather weep.

SHAKSPEARE.

Hélas! il est mort, cet ami
Qui te suivit longtemps dans ta course lointaine.
Hélas! ton chien s'est endormi
Sous le faux regard de la haine.

L'homme ici-bas est sans appui;
Souvent un nouveau mal augmente sa détresse;
Si tu perds ton chien aujourd'hui,
Hier, je perdais ma maîtresse.

Mais la douleur qui me frappait
N'est plus rien comparée à ta peine cruelle ;
Car ma maîtresse me trompait
Et ton beau chien t'était fidèle.

Nice, avril 1852

IV

Que le destin aux coups trop sûrs,
Pour t'épargner te reconnaisse,
Et qu'il constelle d'astres purs
Le firmament de ta jeunesse !

Laisse-nous courir au malheur :
Toi, sois insensible et rieuse.
Epanouis-toi, jeune fleur,
Calme, sur l'onde furieuse.

Chante, en rêvant, les airs nouveaux :
Laisse-nous crier et combattre,
Et regarde nos durs travaux
En croisant tes beaux bras d'albâtre.

Laisse-nous — c'est notre désir,
Enfant gâtée et langoureuse —
Extraire pour toi le plaisir
De l'existence douloureuse.

Le monde a des chants à t'offrir
Et des parfums en abondance ;
Laisse le vulgaire souffrir
Et sois toujours prête à la danse.

En foulant les tapis épais,
Ne crois pas à la boue obscène,
Et pense, dans ta molle paix,
Qu'on ne pleure que sur la scène.

Ne vois jamais le pauvre nu
Fuir sous le manteau qu'il dérobe :
Que l'hiver te soit inconnu,
Et brode des fleurs sur ta robe.

Que la misère au cœur d'airain,
Respectant ton humeur prodigue,
N'aille pas à ton cours serein
Opposer sa fatale digue.

Que ton bonheur soit absolu !
Qu'un dieu, pour toi, cache et desserre
Sous le velours du superflu
L'âpre chaîne du nécessaire.

Jette le pain pour le gâteau ;
Mange pour l'affamé qui jeûne.
— Tu te corrigeras trop tôt
Du beau défaut d'être trop jeune.

New-York, mars 1856.

V

JOURS DE NEIGE.

Qui donc toujours le rouvre en nos cœurs presque éteint
O lumineuse fleur des souvenirs lointains ?

Victor Hugo.

L'hiver froid et bruyant de nouveau nous assiége ;
Les pavés sont couverts d'éblouissante neige ,
    Les arbres , de frimas ,
Et, dans Broadway qui rit, les traîneaux intrépides
Eperdûment traînés par des chevaux rapides
    Poussent de gais hurrahs.

Hurrah! le vent glacé mord et fouette la foule
Et lui rejette au front la neige qu'elle foule ;
    Et chacun de courir
Pour mieux vous savourer dans un bruit de tonnerres,
Acres sensations qui rendent poitrinaires,
    Plaisirs qui font mourir !

Ivresse de la course ! ô rapidité folle
Du sleigh qui fend la neige et de l'oiseau qui vole !
    Joyeux emportement !
Sous le manteau d'hermine ou de martre soyeuse,
Durs baisers que l'amante enivrée et joyeuse
    Laisse prendre à l'amant !

Bonds du cheval fougueux qui hennit et frissonne
Epouvanté du bruit de son harnais qui sonne,
    Plein de grelots ailés !
Carnaval inouï ! fanfares ! cris de fête !
Allant roidir d'effroi, déployés sur le faîte,
    Les drapeaux constellés !

Gaîté, plaisir, fureur de la foule empressée !
Qu'importe tout ce bruit à mon âme oppressée ?
            Je ne le connais pas. —
Aux jours de mon enfance — hélas ! quels regrets n'ai-je ? —
On ne m'a pas appris à courir dans la neige :
            J'eus des fleurs sous mes pas.

Non ! ces scènes en moi n'attisent pas la flamme.
Rien qui me fasse éclore un souvenir dans l'âme !
            Je les vois sans émoi ;
Et ces jeux étrangers à ma terre natale
Comme l'hiéroglyphe et l'antique scytale
            Restent muets pour moi.

———

Au vent des souvenirs et de la fantaisie,
Epanouissez-vous, ô fleur de poésie !

———

Ce qui parle à mon cœur, ce sont les champs de blé
Aux vents capricieux ployant leur vague blonde ;
C'est l'étang clair et calme où le taureau troublé
Trempe son mufle noir qui fume en touchant l'onde.

C'est le lis blanc qui pousse à l'angle du vieux mur,
Où le vent du matin fait trembler une perle ;
C'est le verger tranquille où tombe le fruit mûr ;
C'est la touffe de hêtre où chante un nid de merle.

Ce sont les gais poulains bondissant dans l'enclos,
Les pigeons irisés qui volent sur la grange,
Le vieux noyer du seuil répandant l'ombre à flots,
La haie en fleurs, bordant le champ comme une frange,

Le lierre flexueux, qui vous fait souvenir,
Encadrant la fenêtre et glissant dans la chambre,
Les raisins aoûtés commençant à jaunir
Et pendant de la treille en lourdes grappes d'ambre.

C'est le bruit du ruisseau sous le bois frais et noir ;
C'est le brûlant soleil sur le chemin de craie ;
Ce sont les ris joyeux qui s'éveillent, le soir,
Quand les vierges s'en vont courir dans l'oseraie ;

Les couchers de soleil — ciel rouge, horizon d'or; —
Les longs soupirs planant dans le vague des ombres,
Les mensonges enfuis au vent de messidor,
Et les coudes pressés sous les marronniers sombres.

C'est, dans l'obscur vallon, le rossignol plaintif;
C'est le lavoir chanteur où court le hochequeue;
C'est le fleuve étoilé qui balance un esquif
Par une nuit de juin éblouissante et bleue.

Ce sont les mots trouvés par les enfants sans art
Quand, au foyer béni, l'hiver, on use l'heure;
Les chansons d'autrefois redites par hasard,
Qui font qu'en même temps l'on sourit et l'on pleure.

C'est l'église sereine où l'oiseau fait son nid,
La rosace, œil qui dort sans baisser sa paupière;
C'est le bourdon connu, grave, auguste, infini,
Versant son chant d'airain hors du clocher de pierre.

C'est le cimetière humble aux symboles si beaux,
Planté de pins et d'ifs que la douleur arrose,
Où la mousse verdit les fentes des tombeaux,
Où germent deux parfums — la prière et la rose.

C'est le toit rempli d'ombre où, les yeux pleins de pleurs,
Le vieux père revoit l'enfant, ses espérances,
Qui s'éloigna joyeux, le front chargé de fleurs,
Et qui revient pensif, couronné de souffrances.

New-York, février 1855.

VI

STELLA.

A MON AMI JULES B.....

Deux anges destructeurs marchent à son côté,
Doux et cruels tous deux — la mort — la volupté.

ALFRED DE MUSSET.

I

Stella, sous son grand front pâle,
A deux beaux yeux languissants,
Doux comme la croix d'opale
Qui pend sur ses seins puissants.

Mais quand son œil bleu scintille
Sur son faible amant qui dort,
Rien ne bat sous sa mantille —
Excepté sa montre d'or.

19

Elle n'a pas de mémoire,
Et son amour énervant
Est comme un pli dans la moire
Que change un souffle du vent.

Elle est un brillant mélange
D'or, de neige et de limon ;
Elle a la beauté de l'ange
Et la laideur du démon.

C'est une folle compagne
Qui, ne pouvant s'apaiser,
Pour acheter du champagne
Vend tous les soirs son baiser.

Elle sait qu'on la méprise :
Qu'importe ! — on fait son désir.
Qu'importe ! — puisque la brise
Souffle toujours au plaisir.

Oui, toujours fête et ripaille;
Jamais de soucis trop lourds;
Elle mourra sur la paille,
Elle vit dans le velours.

Vive donc Stella la belle!
Vive le lutin moqueur!
Vive l'amante rebelle!
Vive la femme sans cœur!

II

O mon ami, quand je songe
Que longtemps je l'adorai,
Et que longtemps ce mensonge
Sut m'inspirer l'amour vrai!

D'épouvantables alarmes
Me déchiraient tous les jours.
Elle constellait de larmes
Le ciel noir de mes amours.

Je vivais sans espérance,
Cachant des maux souterrains...
Quand je pense à ma souffrance
Le frisson me prend aux reins.

Une peur envenimée
Vint tant de fois m'envahir,
Qu'après l'avoir tant aimée,
Je me pris à la haïr.

Et, dans ma fougue inutile,
J'eusse voulu, cœur bravé,
Comme un tortueux reptile
La broyer sous un pavé !

— Quand sa voix aux notes brèves
Railla mon cœur ingénu,
Mes croyances et mes rêves
Partirent dans l'inconnu.

Quand je sus que pour lui plaire
Il faut savoir tout ternir,
Un voile crépusculaire
Rembrunit mon avenir.

Et je mis — sans voir paraître
Nul labarum dans l'éther —
Avant l'humble croix du prêtre
Le pistolet de Werther.

III

Je l'ai maudite, et pour cause ;
Mais — tu vois — sans rien nier,
J'en parle, comme l'on cause
D'un vieux mal de l'an dernier.

Dans l'oubli mon cœur se noie.
Plus d'amours ! plus de serments !
Si je n'en ai plus la joie,
Je n'en ai plus les tourments.

Et, libre de toute chaîne,
Je ris souvent tour à tour
Du fantôme de ma haine,
Du spectre de mon amour.

Paris, octobre 1853.

VII

A la brune, en attendant mieux,
Souvent nous nous cherchons querelle.
Le silence est bon pour les vieux,
Les cafards et les envieux;
Le ramier et la tourterelle
Se taquinent sur la tourelle.

— Tu crains mes indiscrétions;
Tu me dis qu'il faudrait me taire
Et que les grandes passions

Déguisent leurs émotions,

Que l'amour, toujours salutaire

Devient divin dans le mystère.

Tu me dis qu'on parle de toi,

Que je rends ta honte évidente,

Que tu te sens mourir d'effroi

Quand on te rencontre avec moi.

— Chère, la nuit te fait ardente,

Mais le jour te rend trop prudente.

Laisse tomber en liberté

Mes paroles que le vent sème.

Si l'on chuchote à ton côté,

N'y prends pas garde, ô ma beauté !

Nul ne sait la femme que j'aime

— Car je ne le sais pas moi-même.

New-York, juin 18

VIII

Je ne sais d'assuré, dans ce chaos du sort,
Que deux points seulement : la souffrance et la mort.

ALFRED DE VIGNY.

Aimez-vous les branches frêles
Ployant sous les nids si doux?
— Oui, disent les tourterelles :
— Non, répondent les hiboux.

Aimez-vous l'odeur des tombes,
Dans l'ombre des vieilles tours?
— Non, roucoulent les colombes ;
— Oui, glapissent les vautours.

Eh bien ! les douleurs cruelles
Seront votre lot fatal,
Becs sanglants et blanches ailes,
Oiseaux du bien et du mal.

New-York, décembre 1856.

IX

Flebilis ut noster status est, ita flebile carmen.

OVIDE.

Elle disait : — Pourquoi donc rire ?
Tout, depuis l'astre jusqu'aux fleurs,
Geint et se tord dans les douleurs.
Notre gaîté n'est qu'un délire.
Elle disait : — Pourquoi donc rire ?
— Alors, calme et sans soupirer,
Je lui dis : — Et pourquoi pleurer ?

Elle disait : — Pourquoi donc croire ?
Dieu nous a retiré le jour,
Dieu nous a retiré l'amour,

Dieu nous a refusé la gloire.

Elle disait : — Pourquoi donc croire?

— Alors, l'entendant sangloter,

Je lui dis : — Et pourquoi douter?

Elle disait : — Pourquoi donc vivre?

Odieuse prison de chair!

Est-il un bien qui nous soit cher?

Est-il un vin qui nous enivre?

Elle disait : — Pourquoi donc vivre?

— Ses yeux m'interrogeaient; — et moi,

Je lui répondis : — Oui! pourquoi?

New-York, juin 18

X

Est quædam flere voluptas.

OVIDE.

On entend s'agiter la feuille : —
Que se passe-t-il dans le bois ?
Est-ce une rose que l'on cueille ?
Est-ce un cerf qui fuit, aux abois ?
On entend s'agiter la feuille : —
Que se passe-t-il dans le bois ?

On voit frémir et fumer l'onde : —
Que se passe-t-il dans la mer ?
Est-ce un soupirail de l'enfer

Qui s'ouvre sous cette eau profonde ?
On voit frémir et fumer l'onde : —
Que se passe-t-il dans la mer ?

Un astre file sous la nue : —
Que se passe-t-il dans les cieux ?
Est-ce un archange gracieux
Qui meurt dans la plaine inconnue ?
Un astre file sous la nue : —
Que se passe-t-il dans les cieux ?

Vous êtes pâle ; je suis sombre : —
Que se passe-t-il dans nos cœurs ?
Sous le flot des doutes moqueurs
Est-ce un dernier espoir qui sombre ?
Vous êtes pâle ; je suis sombre : —
Que se passe-t-il dans nos cœurs ?

New-York, juin 18   .

XI

Tes fautes, mon enfant, ne sont que tes malheurs.

LAMARTINE.

Le souvenir de nos serments
Vient-il parfois dans l'ombre noire
T'apporter des regrets charmants
En voltigeant dans ta mémoire?

Te souvient-il de nos chansons,
De nos jeux près de l'eau limpide,
De tes ébats dans les moissons,
Blonde sylphide au vol rapide?

Comme ton pied mutin foulait
Les fleurs d'or à la dérobée !
Comme ta main blanche immolait
L'aile d'azur du scarabée !

Epris de folle liberté ,
Nous fuyions la route commune ;
Et notre double pauvreté
Nous faisait presque une fortune.

L'amour, que la volupté suit ,
Veillait souvent dans nos demeures ,
Même après l'instant où minuit
Vient d'égrainer sa grappe d'heures.

Et le matin couronné d'or
Nous retrouvait comme la veille
Loin de la couche où l'on s'endort .
Près du foyer qui vous éveille.

O mon ange ! oublions nos maux

Et marions tŏujours dans l'ombre,

Ainsi que deux rayons jumeaux,

Ton œil d'azur et mon œil sombre.

Paris, avril 18 .

XII

PREMIER AMOUR.

Elle t'aimait peut-être,
Mais le destin voulait qu'elle brisât ton cœur.

ALFRED DE MUSSET.

J'y pense encor souvent. Quel amour ! quel martyre !
J'étais sans défiance ; et puis, le gouffre attire :
    Je m'y précipitai !
— Comme on jette à la mer ses biens dans la tourmente,
Je pris mes dix-huit ans et leur candeur charmante
    Et je les lui jetai !

D'une voix fraîche et pure et jamais fatiguée
Je chantais, autrefois, et ma vie était gaie.

      Ces temps-là sont passés ! —
Aux hymnes du berceau, pleins de la foi natale,
D'un ton impérieux, ironique et fatale,

      Elle a dit : — C'est assez !

Autrefois, j'étais plein d'illusions joyeuses ;
Je portais sur le front des flammes radieuses :

      Où sont ces jours si doux ?
Aux rêves adorés de ma jeunesse ardente,
Elle a dit, en prenant sa voix la plus mordante : —

      Evanouissez-vous !

C'est ainsi que je vis tout fuir et disparaître.
Pas un ne survécut des dieux dont j'étais prêtre.

      Tout mon ciel fut terni.
Je me retrouvai seul et sombre comme Oreste ;
Et comme je disais : — Son cœur, au moins, me reste !

      Elle a dit : — C'est fini !

Et je la vis partir, un soir, au bras d'un homme,

Hautaine, et demandant le nom dont on me nomme !

— J'étais un inconnu ! —

Je revins l'assaillir de ma triste folie ;

Elle me répondit : — Je ne peux plus. Oublie.

— Je me suis souvenu !

Et j'ai là, dans le fond de mon cœur une place

Hantée, et pour toujours, par son spectre de glace,

Et jamais il n'en sort.

— Quand je sonde ce mal la douleur se ravive.

Ah ! quoique parmi tous je marche, parle et vive,

En elle je suis mort.

Pourtant, jaloux encor, je garde sa mémoire ;

Quand la mer attiédie au vent d'été se moire

Sous un ciel calme et beau,

Je reviens y semer de pâles cinéraires,

Et le vent berce en paix des saules funéraires

Sur la femme tombeau !

New-York, juin 1856.

XIII

In vigilence or grief that would compell
The soul to hate for having loved too well

Byron.

S'il est vrai, comme ils me l'ont dit,
Que l'on raille la conscience
Et que le juste est un maudit
Qu'on souffre avec impatience,

S'il est vrai que l'honneur n'est rien
Qu'un mot fait pour les imbéciles,
Qu'un vain obstacle aérien
Emporté par les vents faciles,

S'il vrai que l'or seul est Dieu,

Que le succès est roi du monde,

Que l'amour, dans un mauvais lieu,

A caché son autel immonde,

Dans les profondeurs d'un désert,

Sans espérer bravo ni palme,

Loin des discours du Mal disert

Je m'en irai sinistre et calme ;

Et, de mon noir dégoût vainqueur,

Dans le mystère inviolable,

Là, je m'arracherai le cœur

Afin de leur être semblable !

Paris, novembre 1857.

XIV

Voilà de quel nectar la coupe était remplie

Victor Hugo.

Et voici qu'une voix mélancolique et tendre
   Dont le son l'apaisait,
Dans l'ombre, auprès de lui, tout bas se fit entendre,
   Et cette voix disait : —

Ton bonheur, pauvre ami, fut un songe éphémère,
   Mais c'est ainsi pour tous.
Et ta lèvre, aujourd'hui, trouve la lie amère,
   Car le vin bu fut doux.

Au-dessus des rochers qui hérissent la vie
   Tu planais d'un vol sûr ;
Dans le ciel de l'amour ton âme était ravie,
   Tu nageais dans l'azur.

Des maux qu'il faut souffrir tu rejetais l'histoire,
   Plein d'un doute hautain,
Et tu croyais sans doute à ton char de victoire
   Enchaîner le destin.

Tu n'apercevais rien qui fût digne de blâme
   Dans notre bas séjour ;
Et tu voyais la femme, à travers ta belle âme,
   Comme un ange d'amour.

Tu croyais aux serments, à l'amitié fidèle
   Après le printemps vert.
Jeune homme confiant ! — comme si l'hirondelle
   Pouvait aimer l'hiver !

Ingénu ! — quoi ! tes chants à la sainte pensée
     Décernaient un autel !
Tu jurais la vertu toujours récompensée !
     Le génie immortel !

Mais tu devais savoir que la dure souffrance
     Nous frappe à tout moment,
Et qu'il germe toujours de tout grain d'espérance
     Un désenchantement !

Ne va donc pas, montrant dans l'ombre un front morose,
     Te poser en martyr.
Laisse filer l'étoile et se faner la rose ,
     Et la femme mentir.

Imite le Sylvain verdissant sous cet arbre,
     Dieu dans les anciens jours,
Qui, détrôné, commande à sa lèvre de marbre
     De sourire toujours.

Paris, mai 1855.

XV

CIGARETTE DU SOIR.

Et cognovi quod non esset melius nisi
lœtari et facere bene in vita sua.

ECCLÉSIASTE.

Mû par une invincible envie
D'atteindre le bonheur fuyant,
J'ai souvent changé dans ma vie;
Je fus calme, inquiet, bruyant.

Inconstant, j'ai brûlé des cierges
Sur les autels vieux et nouveaux.
J'ai tour à tour aimé les vierges,
Les courtisanes, les chevaux.

J'ai reposé sous l'ombre noire,
J'ai travaillé dans le grand jour ;
J'ai fait bien des songes de gloire
Après bien des rêves d'amour.

Au plus sensible de mon âme,
Ivre de douleur, éperdu,
J'ai senti des regards de femme
Tomber comme du plomb fondu.

Et j'en ai crié comme un lâche ;
J'en ai souffert, j'en ai maigri.
Un jour — du mal brusque relâche.
J'en avais pleuré — j'en ai ri.

J'ai défié la mer sans bornes,
J'ai vu l'Océan furieux,
Terre-Neuve aux horizons mornes,
L'Amérique au ciel glorieux.

J'ai vu l'indienne sans vergogne,
Les danseuses de l'Opéra,
Les chutes du bois de Boulogne
Et celles du Niagara.

Sous les orangers d'Italie,
Sous les vieux chênes diluviens,
J'ai suivi partout, ô folie !
Une ombre qui me disait : — Viens !

J'ai jeté partout ma jeunesse,
Comme un fou qui jette un trésor.
J'ai vu des chercheurs de sagesse,
Moins sages que les chercheurs d'or.

Je ne sais par quelle merveille
Le sort, sur mon rude chemin,
De mes passions de la veille
Fit mon dégoût du lendemain.

Ah ! j'ai perdu des jours sans nombre !
Pourtant, je m'en vais, maintenant,
Emportant dans l'avenir sombre
Le mal du passé rayonnant.

Oui, j'ai le regret inutile
Des ans qui se sont envolés,
Et de mon orgueil infertile
Et de mes maux inconsolés.

J'ai le regret des premiers songes
Pleins de flammes et de terreurs :
J'ai le regret de leurs mensonges,
J'ai le regret de leurs erreurs.

En échange de leur démence
Par laquelle j'étais ravi,
J'ai trouvé l'amertume immense
Au fond du désir assouvi.

Ma cigarette bien-aimée !

Ma charmante ! brûle toujours !

Tu t'évanouis en fumée :

Tu ressembles à mes amours.

Paris, novembre 1857.

XVI

Tacitum vivit sub pectore vulnus.

VIRGILE.

Pleins d'amers souvenirs quand je pense aux serments

De constance sans fin que se font les amants,

Lorsque je réfléchis à ces doux élans d'âme

Où l'on se promet tout, je sens jaillir, Madame,

De mon cœur soutenu par la grave amitié,

Le triste épanchement d'une immense pitié.

O courte illusion des sens ! être fidèle !

Oui — mais comme la vague et comme l'hirondelle,

Comme tout ce qui change au seul souffle de l'air,

Comme tout ce qui fuit aux premiers froids d'hiver.

Vanité de l'amour ! qui peut dire : — Je jure
Que, demain, aucun vent ne ridera l'eau pure?
Qui peut, levant la main, s'écrier : — Je promets
De m'immobiliser le cœur à tout jamais?
Qui peut rien affirmer? est-il possible, en somme,
D'avoir la foi de l'ange et les doutes de l'homme?
Non ; l'amour est céleste ; et tous ceux qu'on peut voir
Sous le soleil des cieux tristement se mouvoir,
Parasites honteux, vermine de la terre,
N'ont rien à démêler dans ce divin mystère.
— Homme, orgueilleux néant, songe à ton peu de jours !
Aujourd'hui, l'on promet d'éternelles amours ;
Demain, l'on est roulé dans le linceul de toile.
Pauvre mouche de feu qui se croit une étoile !
Pauvre ver méprisé, pauvre insecte honni
Qui n'a qu'un jour à vivre et promet l'infini !

Boston, juillet 1858.

XVII

Enfant au pudique embarras,
Ange charmant que mon cœur aime,
Mourir, en valsant, dans tes bras,
Ce serait le bonheur suprême!

Mourir, quand l'orchestre puissant
Tout à coup s'attendrit et pleure,
Et que ma lèvre, en frémissant,
De son baiser furtif t'effleure!

Mourir dans un songe des cieux !
Mourir — voluptueuse fièvre ! —
Avec des larmes dans les yeux
Et le sourire sur la lèvre !

Mourir sans regret, sans remord,
Sans emportement, sans envie...
— Oh ! n'est-ce pas que cette mort
Serait meilleure que la vie ?

Je ne sens plus que par instants
— Tant mes jours se perdent dans l'ombre —
Le souffle embaumé du printemps
Passer, joyeux, sur mon front sombre.

Je suis comme un arbre isolé
Dans une plaine découverte,
Dont chaque oiseau s'est envolé
Et qui n'a plus son ombre verte.

Illusions ! illusions !

O blanche nitée infidèle ,

Loin de mes mornes passions ,

Je vous vis fuir à tire d'aile.

L'amour s'envola le premier

Avec la naïve ignorance ;

La foi suivit ce doux ramier,

Et, maintenant, part l'espérance !

— Hélas ! le soleil a pâli.

Au loin , il tombe un épais givre.

Donne-moi le vin plein d'oubli

Et le cigare aidant à vivre.

New-York, décembre 18 .

XVIII

UN POÈTE.

Per vinolentiam.
TACITE.

Cet homme a le secret des beaux vers — on le lit.
Mais ce n'est pas l'étude, hélas! qui le pâlit.
Regardez-le jouer, boire, s'agiter, vivre.
Sa blonde Calliope est une coureuse ivre,
Et, si j'en crois ceux-là qu'il appelle envieux,
Son inspiration n'est que du Cognac vieux.
Certe! il mourrait de soif et de mélancolie,
Si l'on le restreignait à l'eau de Castalie.

Quand la lune, glissant dans l'ombre d'un beau soir,

Sème ses blancs rayons sur le feuillage noir,

Et semble étendre au loin, sur l'orme et sur l'yeuse,

Un immense linceul de paix mystérieuse ;

Quand l'ombre rayónnante, après un soir d'été,

Atteste l'infini, prouve l'éternité,

Et fait, en retenant les vents dans les ifs mornes,

Dans l'océan sans fond plonger le ciel sans bornes,

Afin de confronter, pendant que l'homme dort,

Ces monstres de beauté, la perle et l'astre d'or ;

Quand le rêveur ému sort et marche en silence,

Contemple le sapin que la brise balance,

Et s'arrête, parfois, en tressaillant, au bruit

Qui vient des profondeurs confuses de la nuit,

Alors, lui, l'œil éteint, la prunelle rougie,

Il demande le souffle et la verve à l'orgie.

Pour un verre de punch servi selon son goût,

Il ferait des sonnets sur le diable, et sur tout.

· Vénus, faut-il des vers à ton âme ravie ?

Apporte à ce poëte un flacon d'eau-de-vie

Ta blancheur de Paros, et tes yeux étoilés,

Tes flancs que Praxitèle, un jour, a modelés,

Tes cheveux ondoyants, ta gorge pure et nue,

O perle de l'amour du fond des mers venue,

Tout cela ce n'est rien pour lui. Rien. Ce talent

A besoin, pour briller, d'un autre stimulant;

Il lui faut la boisson âcre, brûlante, acide.

Il boit et se complait dans ce lent suicide.

L'art? il le vend. L'amour? il l'achète. — Le vin!

Voilà sa loi, sa foi, son idéal divin.

Voulez-vous un chant vague, amoureux ou sévère?

Versez! versez! sa muse est au fond de son verre.

Qu'il boive! et vous verrez, en un rythme admiré,

S'épandre le grand cœur de ce grand inspiré!

Et, demain — l'on fera balayer par les vieilles

Les tessons de son âme et les culs des bouteilles.

New-York, mai 1856.

XIX

Huic mulieri cuncta alia fuere
præterhonestum animum.

Tacite.

Vers vous j'ose élever la voix,
Madame ; voulez-vous m'entendre ?
Hélas ! je n'ai pas la voix tendre ;
Mais du pauvre hibou des bois
Quels chants d'amour peut-on attendre ?

Ne prenez pas l'air dédaigneux.
Sont-ils moins beaux, les soyeux voiles,
Insultés par les rudes toiles ? —
On voit parfois les chiens hargneux
Aboyer après les étoiles.

Puis, nul ne vous sait un défaut ;
Vous triomphez, dans les orages,
Des plus intrépides courages,
Vous, que le sort plaça si haut,
Que je vous vois dans les nuages.

Vos amants, rongés de douleur,
N'osent songer, dans leur détresse,
A votre divine caresse. —
Il faut une abeille à la fleur,
Un immortel à la déesse.

Diamants montés sur azur,
Vos yeux ont la douceur charmante
D'une étoile dans l'eau dormante ;
Et l'on croit voir un marbre pur,
Quand vous retirez votre mante.

Le destin comble tous vos vœux ;
Pour vous saluer, sur la grève,
Devant vous chaque flot se lève ;
Et vous pourriez, de vos cheveux,
Vous faire un voile blond, comme Ève.

Tous vos mouvements épiés
Semblent cacher un saint mystère.
Vous vivez grande et solitaire,
Et l'on s'étonne que vos pieds
Consentent à toucher la terre.

En votre honneur, l'antiquité,
D'un temple vous plaçant au faîte,
Eût créé sa plus belle fête,
Et Phidias eût hésité
Devant votre beauté parfaite.

Quand vous vous couronnez de fleurs,
Sous un beau lustre tout en flamme,
Nul ne devinerait, Madame,
A vos yeux humides de pleurs,
La sécheresse de votre âme!

New-York, mars 18 .

XX

SOUFFRANCE.

The spell is broke, the charm is flow'n.

BYRON.

Oh! quand on a jeté sur l'avenir obscur
Un long regard rempli d'une mâle assurance,
Quand on est jeune, hélas! et qu'on se croyait sûr,
Après des jours comptés, dorés par l'espérance,
D'aller revoir sa mère et ses amis en France,

C'est triste de mourir, seul, par delà les mers,
Éteignant dans les pleurs sa jeunesse et sa flamme.

C'est triste de mourir, plein de doutes amers,
Loin des biens que le cœur agonisant réclame,
Sans pouvoir réunir les tronçons de son âme!

C'est triste de penser que le ciel du pays
Ne vous chauffera pas sous sa voûte dorée,
Et que des inconnus, près d'un champ de maïs,
Foulant une herbe étrange, aride et mordorée,
Creuseront, en sifflant, votre tombe ignorée!

Quoi! les airs d'autrefois ne me feront jamais
Tressaillir dans ma tombe et me dresser tout pâle!
Et l'écho de la mort, dans l'éternelle paix,
Ne répétera pas sous la pierre fatale
Les vocables charmants de la terre natale!

Quoi! l'enclos réjoui par mes jeunes amours
Ne me couvrira pas de son ombre légère!
Et ce bois, où se sont écoulés mes beaux jours,
N'ouvrira pas pour moi son voile de fougère,
Cadavre haletant sous la terre étrangère!

New-York septembre 1855.

XXI

SPLEEN.

A M. V. B.....

Aimez, vous qui vivez ! on a froid sous les ifs.
VICTOR HUGO.

Sur ce monde aux fausses caresses
Où l'homme pour mourir est né,
Courez d'ivresses en ivresses,
Volez de Laïs à Phryné !

Cette vie est un court passage,
Une mascarade aux flambeaux.
Pourquoi se farder le visage ?
Est-ce pour le ver des tombeaux ?

Vivons sans soucis et sans gêne ;
Dormons sur notre vanité.
Il n'est qu'un homme — Diogène !
Dans toute cette humanité.

C'est assez de querelles vides ,
C'est assez de grands discours creux ;
Eh ! qu'importe aux lèvres avides
Le beau nuage vaporeux !

Ce dont il faut avoir envie ,
Et ce qu'avant tout nous rêvons ,
C'est une assez joyeuse vie
Pour oublier que nous vivons.

Que nous faut-il, pour rendre un bouge
Pareil aux palais rutilants ?
Des bouteilles au ventre rouge
Avec des femmes aux seins blancs !

On vivait dans les temps antiques,
Mais tout se disloque, d'honneur!
On se forge des maux mystiques
Devant un palpable bonheur.

Pâles rêveurs des solitudes,
Qui vous traînez au bois dormant,
Quittez les profondes études
Et venez vivre follement.

Qui trouvera — chose profonde
Qui me fait ployer le genou! —
Combien il faut en ce bas monde
De sagesse pour être fou?

New-York, juin 1857.

XXII

Le poëte apparaît bien souvent dans sa gloire
Comme ce bel insecte à l'aile jaune et noire
Qu'on voit voler, splendide et léger, dans le foin.
Il semble un papillon éblouissant, de loin ;
Mais approchez : pesez son corps chétif et grêle.
Il est vulgaire et laid — c'est une sauterelle.

West-Hoboken, août 1854.

XXIII

By day or night, in weal or wo,
That heart, no longer free,
Must bear the love it cannot show
And, silent, ache for thee.

BYRON.

Que l'on achète cher le pur rayonnement

Qu'allume autour du front un noble dévoûment,

Et que la conscience est une beauté rude!

On ne peut la payer de mots, comme une prude,

Et pour qu'elle nous dise, en souriant : — C'est bien!

Il faut avoir vécu sans lui demander rien,

Sinon l'amer plaisir de vider le calice

Qui contient à pleins bords le vin du sacrifice.

Il faut vaincre souvent ses passions; il faut

N'être dans le combat jamais pris en défaut,

Et — fût-on le plus triste et le plus misérable —

Porter dans les assauts un calme inaltérable.

Il faut avoir su faire, en feignant d'être heureux,

Quelque chose de grand, de poignant et d'affreux,

Une pieuse offrande au Bien, de toute joie,

Je ne sais quoi qui prenne un cœur et qui le broie,

Comme d'abandonner, contre soi-même armé,

Un ange de seize ans dont on se sait aimé!

New-York, décembre 18 .

XXIV

Chante, juge, bénis.

Victor Hugo.

Les sages lui disaient : — Vois; le doute moqueur
Succède, sur la terre, à la croyance antique.
Le lupanar se vautre où marchait le Portique.
Morte, la vérité! le mensonge est vainqueur.
— Chante au monde expirant un chant analeptique;
Ressuscite Lazare en lui touchant le cœur !

Lève-toi, marche, cours, prêche, conseille, exhorte !
Vois; et, selon les cœurs, parle; console ou mords.
Explique aux bons le ciel, aux méchants le remords,

Et que la race humaine, à ta parole forte,

Marche d'un pas allègre au but où sont les morts,

Bande vaillante, troupe altière, âpre cohorte!

Il est temps! sans retard va-t-en par les chemins,

En attestant nos fils par la voix et les mains!

Tout se revêt de deuil! tout redevient mystère!

La mer est indignée, et l'astre solitaire

Hésite dans les cieux à réchauffer la terre,

Car la grande nature a honte des humains.

Au fond de tout secret que ton courage plonge!

Désarme les soldats; dissous les légions;

Explique-leur la fable et les religions;

Raconte-leur l'Eden; fais, en nos régions,

Comme on extrait l'eau pure en comprimant l'éponge,

Saillir les vérités en pressant le mensonge.

Dis à tous que la terre était bonne, autrefois,

Et qu'ils l'ont faite ingrate et dure à leur exemple.

Homère a vu ce monde attentif comme un temple;

Au sein d'un air plus pur on entendait sa voix ;
Serein, il répétait : — Le ciel est beau : contemple !
Et, sombres, nous disons : — Le monde est hideux : vois !

Alors, il répondit : — Moi, rêveur, ô misère !
Comme Atlas, de ce tout me faire le milieu !
A la vieille machine il faut un autre essieu.
Devant cet infini, néant, que puis-je faire ?
Laissons grandir le vice et rouler notre sphère ;
Pour soutenir un monde, il faut un demi-dieu !

New-York, février 1855.

XXV

It is not in the storm nor in the strife
We feel benumb'd and wish to be no more
But in the after-silence on the shore
When all is lost, except a little life.

BYRON.

Si c'est une des lois de cet univers sombre,

D'éteindre tour à tour tous les rayons dans l'ombre ;

Si notre soleil ment ;

S'il est dit que, toujours, l'on doit, dans les ténèbres,

Marcher et trébucher dans les trappes funèbres

Du désappointement ;

S'il est écrit qu'il faut à jamais, quoi qu'on fasse,

Sentir des pleurs ardents vous sillonner la face,

Sous un mal tout puissant ;

Si toute volupté doit laisser sa blessure ;

Si tout baiser d'amour doit finir en morsure

Et vous sucer le sang ;.

Si les couronnes d'or ou les tresses de roses
Ne sont qu'un poids de plus sur nos têtes moroses ;
    Si la joie est un nom ;
Si toute ambition n'est que folle espérance ;
Si, quand on a dit : Oui ! dans sa mâle assurance ,
    Le sort doit dire : Non !

Si tout ce qui soutient et ranime les âmes ,
Le ciel bleu, le soleil , et la beauté des femmes
    Et les fleurs du printemps,
Si ces biens admirés ne sont que des mensonges,
S'ils doivent, devant nous, flotter comme des songes
    Et fuir en peu d'instants ;

S'il faut, un jour ou l'autre, apprendre que la vie
Est faite de besoins honteux, de basse envie,
    Des mesquins embarras , —
Alors, en attendant que sur nous la mort tombe,
Faisons, pour tout travail , le lit de notre tombe
    Et croisons-nous les bras.

Ne nous absorbons pas dans une vaine étude ;
Cherchons pour le cercueil une douce attitude ;
     Trop de vanité nuit.
Soyons le voyageur sans souci de la mode
Qui, dans le sein des bois, s'apprête un lit commode
     Pour une longue nuit.

Immobiles et froids, regardons la nature
Préparer à la mort l'éternelle pâture
     Par son labeur géant.
Tranquilles, attendons l'heure qui nous délivre,
Et dépensons le temps que nous avons à vivre
     A songer au néant.

O dénûment sinistre ! ô misère complète !
Aimer l'ombre et s'asseoir sous le maigre squelette
     D'un arbre affreux et mort ;
Avoir soif et trouver, sous ses lèvres avides,
Des flacons épuisés avec des coupes vides,
     Hélas ! voilà le sort !

New-York, novembre 1856

XXVI

Malgré les désappointements étouffés et souterrains
de tous les jours, il y a quelque chose en moi qui
résiste et ne veut pas mourir.

TnÉOPHILE GAUTIER.

Puisque nos cœurs, déjà, sont pris de lassitude,
  Malgré leur soif d'aimer,
Que nulles passions, ni le jeu, ni l'étude,
  Ne les peuvent charmer;

Puisqu'un germe de mort dans notre sein existe
  Et qu'il dessèche tout,
Que notre plaisir a je ne sais quoi de triste
  Et se change en dégoût;

Puisque notre avenir a perdu son prestige
.   Et s'efface en pleurant,
Et que notre espoir meurt comme une fleur sans tige
            Qui suit l'eau d'un torrent ;

Puisque notre horizon, où s'épaissit la brume,
            N'a plus de rayons d'or,
Et que, dans une immense et mortelle amertume,
            Notre bonheur s'endort ;

Puisque le froid du soir sur nos épaules tombe
            Et que plusieurs de nous,
Pour s'étendre à jamais dans l'ombre de la tombe,
            Ont ployé leurs genoux,

Crois-moi, n'implorons pas le destin insensible,
            Femme au front gracieux,
Et vers les profondeurs du ciel inaccessible
            Ne levons pas les yeux !

N'accusons pas le sort d'une aveugle injustice ,
　　　Mais , fiers bien qu'attristés ,
Cherchons à redorer, sous un soleil factice ,
　　　Nos jours désenchantés.

Soyons forts ! acceptons sans colère stérile
　　　L'arbitraire des faits.
Jetons autour de nous un long regard tranquille ,
　　　Et soyons satisfaits.

A quoi bon afficher un vain mépris du monde ?
　　　Oublions ses travers
Et , parmi les rameaux qu'un dieu cruel émonde ,
　　　Restons jeunes et verts !

Ne jetons pas au loin, pour porter le cilice ,
　　　Notre soyeux manteau ,
Et ne remplaçons par par un amer calice
　　　Nos verres de Porto.

Ne nous arrêtons pas pour répéter : Détresse !

    Aux pierres des chemins,

Et que la coupe large où l'on puise l'ivresse

    Soit soudée à nos mains !

Ce qui fait qu'à nos yeux l'homme ambitieux souffre

    Et se plaint à jamais,

C'est qu'esclave enchaîné dans les horreurs d'un gouffre,

    Il songe aux purs sommets ;

C'est qu'il sue à fournir sa requête stupide

    A la fatalité,

Et qu'il veut coudre, hélas ! à son heure rapide

    Une immortalité.

— Ne soyons pas ainsi. Que l'impossible attire

    Tous les grands incompris !

Nous, préférons, amie, aux palmes du martyre

    Les fleurs de Sybaris.

Demandons en chantant des fruits mûrs à l'automne,
Un flot tiède à l'été,
Au front novice et doux qui rougit et s'étonne,
L'ardente volupté !

Demandons à la mer une houle puissante,
La neige aux noirs hivers,
Au bal harmonieux la valse étourdissante,
Et l'ombre aux rameaux verts.

Demandons aux jardins des lis plein nos corbeilles,
De la chaleur au feu,
Des chants au rossignol et du miel aux abeilles,
Et l'étoile au ciel bleu.

Demandons au vin pur l'oubli de toute chose,
A la nuit, le sommeil,
La fraîcheur au zéphir, le parfum à la rose.
Et la vie au soleil.

Mais, ne demandons pas au vent lugubre et vague,

De beaux accords vainqueurs,

Ni la source aux déserts, ni le calme à la vague,

Ni la joie à nos cœurs !

New-York, mars 1856.

XXVII

What mortal his own doom may guess? —
Let non despond, let non despair!

BYRON.

Parce qu'on a sucé quelque herbe vénéneuse,
Il ne faut pas crier que tout n'est que douleurs,
Et parce que la vie est souvent épineuse,
    Il n'en faut pas nier les fleurs.

Parce que nous avons sondé quelques souffrances,
Il ne faut pas bannir les pures voluptés,
Ni chasser l'humble essaim des blanches espérances,
    Qui voltigeait à nos côtés.

Parce qu'on nous offrit une liqueur immonde,
Il ne faut pas rester altéré, chaque jour ;
Et parce que la haine existe dans ce monde,
    Il ne faut pas nier l'amour.

Nous pouvons espérer que des saisons meilleures,
Comme un printemps divin, viendront nous rajeunir
Et feront reverdir, les ans, les mois, les heures,
    Sur l'arbre de notre avenir.

Nous n'avons pas encor, dans un deuil solitaire,
Vu des derniers beaux jours le sinistre départ,
Et, des plaisirs dorés que renferme la terre,
    Nous pouvons avoir notre part.

Si nous avons pleuré, n'est-ce pas notre faute ?
N'avons-nous pas choisi ce qui devait blesser ?
Ne voulions-nous pas prendre une palme trop haute,
    Quand nous n'avions qu'à nous baisser ?

N'avons-nous pas construit nos projets sur le sable?
N'avons-nous pas nourri de trop brillants défauts,
En croyant éternel chaque bien périssable,
    En croyant vrai chaque bien faux !

Gloire ! immortalité ! — Chimères ! — Soyons sages ;
Et ne nous lançons pas dans un labeur lointain,
Et ne nous tuons pas à chercher des passages
    Aux mers polaires du destin.

Laissons ceux qui sont forts fendre la vague obscure,
En proie aux ouragans sous les cieux assombris :
Nous, suivons les leçons du divin Epicure,
    Et rebâtissons Sybaris.

Pleins d'espoir, attendons ! — peut-on, en conscience,
Parce qu'on a souffert, jurer qu'on doit souffrir?
Le bonheur est le fruit de l'arbre patience :
    Pleins d'espoir, laissons-le mûrir.

A quoi bon se créer de fictives alarmes,

Préférer aux jasmins joyeux les noirs cyprès,

Et se plaindre et courir bien loin après les larmes,

    Quand on a le plaisir tout près?

Il faut chercher le miel qui reste au fond du verre,

Et la douce gaîté qui survit aux douleurs.

L'oranger aux fruits d'or pousse sur le Calvaire ;

    Le rire germe dans les pleurs.

Rien n'est stable ici-bas — pas même l'infortune.

On ne doit jamais dire : — A présent, c'en est fait!

— Car la cause, souvent, qui nous semble importune,

    Amène un bienfaisant effet.

Ne disons pas : — Toujours une vie incolore!

Toujours un autre espoir déçu tous les matins!

Car nous ne savons pas ce qu'on va voir éclore

    De l'œuf qui contient nos destins.

Donc ne succombons pas à ce mal qui nous navre.

C'est du froid de l'hiver que renaît la chaleur.

De la tombe où l'on vient d'enfermer un cadavre

Que voit-on sortir? — une fleur !

New-York, décembre 1856.

TABLE.

I

AMOURS ET CHANSONS.

II

CONVICTIONS ET DOUTES.

III

REGRETS ET DÉGOUTS.

Imprimerie de Paul Dupont, rue de Grenelle-Saint-Honoré, 45, à Paris.